Kottan ermittelt

Drohbriefe

Helmut Zenker

KOTTAN ERMITTELT

DROHBRIEFE

Kriminalroman
nach Drehbuchvorlage

Der Drehbuchverlag
Wien

Gedruckt mit freundlicher Unterstützung von:
BUNDESKANZLERAMT KUNST

Produktionsjahr: 1979
Überarbeitete Ausgabe
Herbst 2005

Lektorat: Michael Gebhardt
Umschlagbild: Josef Pfister
Umschlaggestaltung: Olivier Milrad
Alle Fotos im Kern: © Archiv Peter Patzak
Mit freundlicher Genehmigung von Peter Patzak
Material „Lokalaugenschein“: © Christian Kadluba,
mit freundlicher Genehmigung
Herstellung: Books on Demand GmbH, Norderstedt
Printed in Germany
ISBN 3-902471-14-X
www.drehbuchverlag.com

Die Hauptpersonen

Adolf Kottan, 45
Major im Wiener Sicherheitsbüro, Leiter der K.Gr. I im Morddezernat, Chef über zwei Mitarbeiter

Alfred Schrammel, 50
Kottans ewiger Assistent, der zwar nicht immer glücklich agiert, dafür aber immer seine Dienstwaffe dabei hat

Paul Schremser, 55
Kottans Kollege im Sicherheitsbüro, hat bei einem Unfall ein Bein verloren

Heribert Pilch, 55
Leiter des Morddezernats mit ausgeprägtem Interesse für und ebensolcher Abneigung gegen Fliegen

Fräulein Domnanovics, 33
Sekretärin im Sicherheitsbüro, wird zurzeit durch einen einfachen Kaffeeautomaten ersetzt

Ilse Kottan, 46
Kottans Frau, ist mit ihrem Mann selten einer Meinung, will nicht Großmutter werden

Sissi Kottan, 21
Kottans Tochter, schwanger im siebten Monat, erwartet, wie verlässliche Quellen behaupten, einen Buben

Gerhard Bösmüller, 28
Bundesheerflieger, Sissis Freund, interessiert sich nicht für die Schwangerschaft, ist möglichst viel unterwegs

Herr Reitmayer, 45
wohnt in einer Schrebergartensiedlung, betreibt dort als Hobby eine Art Privatradio via Lautsprecheranlage

Frau Reitmayer, 35
seine Frau, betreibt als Hobby eine außereheliche Affäre

Frau Komarek, 75
Rentnerin, wohnt ebenfalls in der Siedlung, wird von den anderen Bewohnern systematisch geärgert

Herr Perlak, 46
Nachbar von Frau Komarek, sammelt Müll und Laub, um es im nachbarlichen Garten zu entsorgen

Herr Vybiral, 40
hat in der Siedlung einen kleinen Stand, bei dem man – wie er behauptet – wirklich alles kaufen kann

Herbert Gollner, 41
Autospengler und -verkäufer, ist nicht allzu vertrauenswürdig, dafür aber arrogant

Drballa, 60
ein Obdachloser, der zwar ungern, aber immer öfter über Leichen stolpert

1

Grabesstille liegt über der Schrebergartensiedlung am nördlichen Stadtrand von Wien. Zwanzig Häuschen stehen ordentlich in Reih und Glied auf kleinen, gepflegten Gartenparzellen, die jetzt im Frühjahr noch kahl und nackt in der spärlichen Wintersonne frösteln. Vereinzelt blitzen weiße Schneeflecken auf. Plötzlich wird die Ruhe durch ein lautes, knatterndes Motorengeräusch gestört. Ein Briefträger saust auf seinem gelben Moped über die schmalen Wege. Vor einem grünen Gartenzaun bremst er abrupt. Mit Mühe verhindert er einen Sturz und steigt leise schimpfend ab.

Er stapft zum Gartentor, beugt sich weit nach unten, um das kaum hüfthohe Tor zu öffnen und marschiert in Richtung Haus. Mit einem Kopfnicken grüßt er höflich drei Gartenzwerge, die vor dem Häuschen wachen, bevor er die wenigen Stufen zur Eingangstür hinaufspringt.

Er klopft an, kramt währenddessen bereits in seiner Tasche und bemerkt daher nicht, dass die Tür geöffnet wird.

Als er das zweite Mal anklopfen will, trommelt er unbeabsichtigt gegen den Bauch der Hauseigentümerin, Frau Komarek. Überrascht blickt er auf.

»Tut mir Leid. Guten Morgen. Ihre Post.«

Frau Komarek nimmt zwei Werbeprospekte entgegen.

»Und wegen der Reklame klopfen S' an?«

Der Briefträger streckt ihr einen Brief entgegen.

»Ein richtiger Brief wär' auch noch für Sie dabei.«

Frau Komarek schüttelt ungläubig den Kopf.

»Mir schreibt doch niemand.«

Als sie nach dem Brief greifen will, zieht ihn der Postbote wieder zurück.

»Allerdings wären fünf Schilling Strafporto zum zahlen«, stellt er fest.

Sie überlegt kurz.

»Hm. Na, nehmen S' ihn wieder mit. Is' wahrscheinlich eh nur vom Reitmayer nebenan.« Sie zeigt zum Nachbarhäuschen. »Der stänkert manchmal sogar schon per Post.«

Schon will sie wieder in ihrem Häuschen verschwinden, da packt sie die Neugier. Sie dreht sich noch einmal zum Briefträger um. »Gehen S', warten S' einen Moment! Lassen S' mich zumindest mal den Absender anschauen.«

Der Postler kommt noch einmal zur Tür zurück. Er nimmt den Brief wieder aus der Tasche und liest vor.

»Der Bürgermeister der Stadt Wien.«

Frau Komarek fühlt sich geehrt und richtet sich auf.

»Dann kommen S'«, meint sie stolz und geht voraus. Der Briefträger folgt in gebührendem Abstand.

Das kleine Wohnzimmer von Frau Komarek ist voll gestopft mit Möbel und Schnickschnack. Es ist anscheinend, abgesehen von den nötigen Nebenräumen, das einzige Zimmer im Häuschen. In einem Käfig flattert aufgeregt ein zwitschernder Wellensittich auf und ab. Frau Komarek weist dem Briefträger einen Platz beim Tisch zu. Sie setzt sich ebenfalls und zieht nun erneut ein skeptisches Gesicht.

»Und der Bürgermeister, der hätt' kein Geld für Briefmarken? Des kann ich mir net vorstellen.«

Der Briefträger, der sich nach dem Ende seiner Tagesrunde sehnt, entgegnet ungeduldig.

»Weiß ich doch net. Wollen S' jetzt den Brief oder net?«

Er macht Anstalten das Schriftstück wieder einzustecken. Die Neugierde siegt. Frau Komarek streckt die Hand aus.

»Na geben S' schon her!«

Sie nimmt die Geldbörse aus ihrer Handtasche, kramt darin herum und reicht dem Briefträger ein paar Münzen.

»Da haben S' 5 Schilling 20.«

Der Briefträger steckt das Geld ein.

»Danke.«

Frau Komarek sieht sich suchend nach ihrer Brille um, kann sie aber nicht entdecken.

»Gehen S', junger Mann, jetzt find ich grad meine Lesebrille net. Sind S' vielleicht so lieb und lesen S' mir'n vor?«

Der Postbote mustert sie verständnislos.

»Was?«

»Können S' leicht net lesen?«, wundert sich Frau Komarek kopfschüttelnd.

»Doch.«

Der Briefträger nimmt das Briefkuvert wieder an sich und reißt es auf, während Frau Komarek ein erwartungsvolles Lächeln aufsetzt. Der Postbote beginnt zu lesen: »Sehr geehrtes Miststück!«

Frau Komarek lächelt immer noch, der Briefträger sieht sich daher veranlasst, die Titulierung zu wiederholen.

»Sie Miststück!«

»Was? Ich?«, fährt Frau Komarek empört hoch. Sie steht auf und gibt dem Briefträger eine Ohrfeige. »Was fallt Ihnen ein, Sie?«

Der Postler reibt sich die Wange und zeigt auf den Brief.

»Da steht's.«

Frau Komarek räuspert sich verlegen, als sie das Missverständnis erkennt. Sie setzt sich und blickt den Briefträger schuldbewusst an.

»Oh. Entschuldigen S'. Naja, der Brief, der muss dann ja wohl doch vom Reitmayer sein. So ein widerlicher Kerl, wirklich wahr. Und ich Gans, ich zahl auch noch fünf Schilling dafür.«

»Ich nehm' ihn sicher nimmer z'rück«, erklärt der Briefträger vorbeugend. »Gefälschter Absender, so was gibt's. Der Brief is' ja auch net einmal richtig g'schrieben. Da, schauen S' her: mit Buchstaben aus der Zeitung is' er 'pickt.«

Er zeigt Frau Komarek den Brief, sie betrachtet ihn kurz, nickt.

»Soll ich weiterlesen?«, will der Briefträger von ihr wissen.

Frau Komarek nickt noch einmal.

»Sehr geehrtes...«

Sie macht eine kreisende Bewegung mit beiden Händen und unterbricht grantig den Postboten.

»Den Anfang kenn ich jetzt schon.«

Der Briefträger beginnt von Neuem, die Anrede überspringt er.

»Das Maß ist voll. Die Stunde der Vergeltung ist gekommen. Wenn sie«, er hebt erklärend und belehrend den Zeigefinger und deutet dann auf die Stelle im Brief, »sie kleingeschrieben ... vernünftig sind, verlassen sie das Haus nicht mehr. Mein Gewehr ist schussbereit. Mit unfreundlichen Grüßen. Unterschrift: Z.«

»Na servas«, kommentiert Frau Komarek und rutscht unruhig auf ihrem Sessel hin und her.

»Da hat sich offenbar wer einen schlechten Scherz erlaubt«, vermutet der Briefträger, der die alte Frau beruhigen will.

Frau Komarek ist sich da nicht so sicher. Nervös erwidert sie kurz.

»Hoffentlich.«

Kurz darauf verlässt Frau Komarek ihr Häuschen, stapft durch den Garten und betritt den Weg zwischen den Schrebergärten. Sie macht einen unsicheren, beinahe ängstlichen Eindruck. Mehrmals sieht sie sich besorgt um, kann aber niemanden entdecken. In der Tür des Nachbarhauses erscheint, unbemerkt von Frau Komarek, ein Mann. Es ist Herr Reitmayer. Frau Komarek geht langsam zur Straße, dabei mustert sie aufmerksam die Umgebung. Reitmayer schlägt mit einem lauten Knall die Tür zu. Frau Komarek erschrickt.

»Ah!«, schreit sie.

Sie wankt einen Moment wie von einer Gewehrkugel getroffen. Reitmayer taucht wieder in der Tür auf und beobachtet zufrieden den Abmarsch seiner Nachbarin. Frau Komarek kommt an einem Stand mit der Aufschrift „Kaufhof Vybiral" vorbei. Dabei handelt es sich um eine Würstelbude auf Rädern, die sich im Besitz von Herrn Vybiral befindet. Er verkauft in der Siedlung praktisch alles, von Lebensmitteln über Textilien, Heftchenromanen, Schallplatten bis zu Spielzeug und Mehlspeisen. Direkt neben dem Verkaufsstand steht ein Fotoautomat für Passbilder. Auf der anderen Seite wartet, unter einem bunten Sonnenschirm, eine Waschmaschine auf Kundschaft. Sie, die Maschine, kann stundenweise gemietet werden. Vybiral, der vor seinem Laden einem Kunden klaren Schnaps aus einer etikettlosen Flasche einschenkt, begrüßt Frau Komarek.

»Tag, Frau Komarek. Brauchen S' vielleicht was von mir?«

Sie marschiert weiter, ohne ihn eines Blickes zu würdigen.

»Na, nix«, erwidert sie im Vorbeigehen und murmelt ein paar unverständliche Worte.

»Vielleicht wenigstens Beruhigungstabletten oder einen Nerventee. Sie wissen ja, ich hab alles!«, ruft ihr Vybiral hinterher.

»Nix!«

Sie eilt zur Hauptstraße weiter und schwenkt dabei mehrmals abwehrend ihre Handtasche durch die Luft.

Oberstleutnant Pilch, der überaus erfolgreiche Leiter des Morddezernats, sitzt am Schreibtisch in seinem Büro. Er trägt einen Kopfverband und hat einen Arm derart einbandagiert und fixiert, dass er ihn nicht bewegen kann. An den Wänden hängen kolorierte Bilder von Insekten, von der Decke baumeln klebrige Fliegenstreifen. Insektensprays in verschiedenen Größen, sowie überlebensgroße Fliegenmodelle zieren seinen Schreibtisch. Pilch liest in einem Buch: „Die Fliegen" von Jean Paul Sartre. Während der Lektüre nickt er immer wieder, in sichtbarer Übereinstimmung mit den Aussagen des Autors. Plötzlich dröhnt lautes Fliegensummen durch den Raum. Beiläufig ergreift Pilch eine Spraydose. Ohne vom Buch aufzuschauen, sprüht er rechts über seinen Kopf. Das Summen verstummt jäh. Pilch stellt den Spray zufrieden wieder auf den Tisch. Es klopft und Frau Komarek betritt das Zimmer.

»Tag.«

»Grüß Gott. Sie wünschen?«, fragt Pilch und blickt widerwillig von seiner Lektüre auf.

»Ich bin da zu Ihnen heraufgeschickt worden«, antwortet Frau Komarek und reicht Pilch die Hand.

»Warum?«

Sie nimmt den Brief aus ihrer Handtasche und überreicht ihn dem Dezernatsleiter.

»Wissen S', ich hab diesen Brief da mit der Post gekriegt.«

Pilch nimmt den Brief entgegen, liest ihn, schüttelt dann entschieden den Kopf, bleibt aber freundlich.

»Da sind S' bei mir aber eigentlich falsch. Das hier is' ja des Morddezernat. Und es is' ja noch gar nix passiert«, erklärt er und übergibt ihr den Brief.

Für Pilch ist die Angelegenheit damit erledigt und er wendet sich wieder seinem Buch zu. Frau Komarek reagiert auf diese Unsensibilität äußerst ungehalten.

»Soll ich erst kommen, wann ich tot bin?«, klagt sie vorwurfsvoll und wedelt dabei auffällig mit ihrem Drohbrief vor Pilchs Nase herum.

Der Dezernatsleiter muss wohl oder übel auf ihre Beschwerde eingehen. Er legt das Buch beiseite und nimmt seine Brille ab.

»Nana. Nehmen S' Platz.«

Im Morddezernat warten Major Kottan, Leiter der K.Gr. I im Morddezernat, und sein Kollege Schremser auf den nächsten Fall. Schremser sitzt am Schreibtisch, Kottan schenkt sich eine Tasse Kaffee ein. Auf dem Tischchen in einer Ecke des Büros steht ein kleiner Kaffeeautomat.

»Sag, wo is' denn eigentlich des Fräulein Domnanovics?«, erkundigt sich Schremser nach der abwesenden Sekretärin.

»Den Kaffee, den mach ich mir jetzt selber«, erklärt Kottan.

Schremser nickt verständnisvoll.

»Versteh, das is' sicherer.«

Kottan kommt mit seiner Tasse zum Tisch, macht es sich bequem. Er führt die Tasse an den Mund und zuckt zurück. Mit schmerzverzerrtem Gesicht bläst er mehrmals auf den scheinbar heißen Kaffee.

»Heiß?«, sorgt sich Schremser.

Kottan schüttelt den Kopf.

»Na. Den Zucker hab ich vergessen.«

Schremser reicht ihm die Zuckerdose, Kottan zuckert den Kaffee und nimmt dann entspannt einen langen Schluck.

»Meine blaue Jacke kann ich übrigens endgültig abschreiben«, erzählt Schremser.

»Die, die dir damals im Kaffeehaus g´stohlen worden is'?«

»Genau. Im Dienst.«

Kottan grinst überlegen.

»Musst halt besser aufpassen. Ein Krimineser, dem was g'stohlen wird, is' ziemlich lächerlich.«

Schremser bemüht sich von seinem Missgeschick abzulenken.

»Dem Schrammel haben s' letztens die Armbanduhr g'fischt, in der Straßenbahn.«

Kottan entlockt das nur ein Kopfschütteln.

»Mir is' noch nie was g'stohlen worden«, prahlt er.

Sein Assistent Schrammel eilt ins Zimmer. Er wirft die Tür etwas zu heftig ins Schloss. Aus dem übergroßen Setzkasten neben der Tür fallen durch die Erschütterung einige Blockbuchstaben heraus. Kottan ist verärgert, jedoch weniger über die Beschädigung des Setzkasten, als mehr über den lauten Knall.

»Schrammel! Wie oft soll ich dir des eigentlich noch sagen, dass du die Tür net zuwerfen sollst. Für was gibt's denn Türschnallen?«

Schrammel, der diese Diskussion zur Genüge kennt, versucht dennoch sich gewohnheitsmäßig zu rechtfertigen. Er deutet ohne sich umzudrehen nach hinten.

»Aber ich hab doch eh die Schnallen in der Hand g'habt.«

Kottan macht eine abfällige Handbewegung.

»Jaja.«

»Wir sollen zum Chef kommen«, verkündet Schrammel und deutet seinen Kollegen mit einer Handbewegung, dass sie aufstehen sollen.

»Ein Mord?«, hofft der Major, der endlich mal wieder einen spektakulären Fall bearbeiten will.

Schrammel zuckt die Achseln. Kottan und Schremser erheben sich langsam. Schrammel wendet sich an Schremser, während Kottan den Setzkasten begutachtet.

»Is' er schlecht aufg'legt?«

Schremser zuckt ähnlich wie zuvor Schrammel mit den Schultern.

»Frag ihn.«

Dezernatsleiter Pilch thront nach wie vor in seinem Büro hinter dem Schreibtisch. Auch Frau Komarek sitzt noch auf demselben Sessel, den Pilch ihr angeboten hat. Neu im Raum sind die drei Kriminalbeamten Kottan, Schremser und Schrammel. Pilch hat seine besten Leute aufmarschieren lassen. Schrammel hält den Brief in der Hand und liest soeben das Ende laut vor.

»Die Stunde der Vergeltung ist gekommen. Mein Gewehr ist schussbereit. Mit unfreundlichen Grüßen. Unterschrift...«

»Die schwarze Hand?«, unterbricht ihn Kottan gelangweilt.

»Na. Z. Z steht da. Vielleicht heißt des was Bestimmtes?«

Schremser beteiligt sich an dem Ratespiel und hat einen Vorschlag.

»Zorro, wahrscheinlich.«

Pilch setzt dem Rätselraten ein Ende.

»Also, Kottan, Sie werden sich um die Angelegenheit kümmern.«

»Ich?«

Der Dezernatsleiter wird ungehalten, ahmt den vorwurfsvollen Ton von Frau Komarek nach.

»Ja. Soll die Frau Komarek erst kommen, wann sie tot is'?«, klagt er laut. Frau Komarek nickt eifrig.

»Na. Aber des is' doch ziemlich sicher nur ein harmloser Lausbubenstreich.« Der Major wendet sich an Frau Komarek. »Haben Sie vielleicht öfter Auseinandersetzungen oder dergleichen mit irgendwelchen Kindern aus ihrer Nachbarschaft?«

Sie nickt.

»Ja, schon.«

Kottan sieht sich bestätigt und richtet seinen Blick wieder auf Pilch.

»Sehn S'.«

Der Dezernatsleiter ist nicht überzeugt, schlägt mit der Hand auf die Tischplatte.

»Nana, so schnell geht des sicher net. Sie schauen sich erst einmal um bei der Frau Komarek und in der Siedlung. Basta.«

»Von mir aus«, kapituliert Kottan und steht auf. Ein bisschen spektakulärer hätte er sich seinen nächsten Fall schon gewünscht.

Kottan, Schremser und Frau Komarek haben sich mit dem weißen Polizei-VW auf den Weg zur Siedlung gemacht. Der Major parkt den Wagen auf einer Anhöhe neben der Siedlung und spaziert mit Schremser und Frau Komarek durch die Schrebergärten. Leichter Schneefall setzt ein. Als sie den Kaufhof Vybiral passieren, schließt der Inhaber sofort seinen Stand von innen, die Aufschrift ist nicht mehr zu sehen. Vybiral setzt sich in einen Gartensessel vor seinem Haus und bläst einen Rauchring in die Luft. Bei der Gartentür begegnet ihnen ein weiterer Nachbar von Frau Komarek: Herr Perlak, ein übergewichtiger Perückenträger, der seinen Müll vorzugsweise im Garten von Frau Komarek entsorgt.

»Tag, Frau Komarek«, grüßt Perlak und mustert misstrauisch die beiden Beamten. »Is' was net in Ordnung?«

Frau Komarek beachtet ihn nicht, eilt mit Kottan und Schremser weiter. Perlak zupft einen Papierfetzen vom Rechen und wirft ihn hinter Frau Komareks Rücken in deren Garten. Frau Komarek bemerkt davon nichts. Sie und die beiden Kriminalbeamten befinden sich schon auf dem schmalen Gartenweg zur Haustür. Frau Komarek bleibt noch einmal kurz stehen und beginnt zu schimpfen.

»Der is' auch so ein Scheinheiliger, der Perlak. Ich mein, ich steh ja mit niemandem da in der Siedlung besonders gut, am ehesten aber trau ich's schon dem Reitmayer zu.«

Sie zeigt auf das Haus der Familie Reitmayer, wo sich jedoch niemand blicken lässt.

»Der steht eh sicher schon wieder hinterm Vorhang und spioniert«, ärgert sie sich.

Im Weitergehen deutet Frau Komarek beiläufig auf die drei Gartenzwerge vor ihrem Haus und stellt sie den Beamten namentlich vor.

»Des is' der Rudi, der Sebastian und der Georg.«

Schremser salutiert, Kottan verdreht die Augen. Frau Komarek sperrt die Haustür auf. Fünf Schlösser sichern ihr Heim, entsprechend lange müssen Kottan und Schremser warten. Einmal hält sie inne und dreht sich misstrauisch zu den Beamten um, bevor sie den nächsten Schlüssel hervorzieht.

»Gehen wir inzwischen auf einen Kaffee?«, schlägt Schremser vor.

Endlich ist die Tür offen und zu dritt betreten sie das Häuschen. Kottan hilft Frau Komarek aus dem Mantel und hängt ihn nach einer kurzen Suche auf den Haken. Untermalt vom unaufhörlichen Zwitschern des Wellensittichs mustern der Major und Schremser das Zimmer, bevor sie sich setzen. Kottan, erkennbar desinteressiert, stellt Frau Komarek die obligaten Fragen.

»Was is' mit dem Reitmayer? Warum trauen S' dem den Drohbrief zu?«

Frau Komarek beginnt sofort mit ihrem Report, marschiert dabei im kleinen Zimmer auf und ab und wendet sich abwechselnd an Kottan und Schremser.

»Mit dem red ich ja nix. Schon lang nimmer. Angefangen hat S' vor zwei Jahren, da hat mein Mann noch g'lebt, der Ernstl. Auf einmal is' dem Reitmayer unser Hund zu laut g'wesen. Er hat uns aufgefordert, den Hund herzugeben. Wir haben uns aber natürlich geweigert. Der Reitmayer is' hergegangen und hat sich einen Plattenspieler 'kauft ... mit Schalltrichter. Den hat er aus sein' Fenster direkt auf unser Haus g'richtet. Den ganzen Tag hat er Marschmusik g'spielt und selber Durchsagen g'macht. Herr Komarek, ich fordere Sie auf, Ihren Hund zu entfernen, hat er da immer g'sagt. Na, wir haben uns freilich sofort einen zweiten Hund ang'schafft, der mit dem Luchsi im Duett gebellt hat. Der Ernstl hat sich des lauteste Monstrum im Tierschutzhaus ausg'sucht. Der Reitmayer hat darauf alle Sträucher ab'zwickt, die ein bissel auf sein' Grund g'reicht haben. Dafür hab ich, nachdem die Frau Reitmayer ihre weiße Wäsch' im Garten zum Trocknen aufg'hängt g'habt hat, ein Lagerfeuer g'macht. Ich hab extra Gras und nasse Fetzen aufs Feuer g'worfen, damit's möglichst viel raucht. Die Wäsch' is' ganz schwarz 'worden. Dann hat der Reitmayer im Wald Maulwürfe g'fangen und in unsern Garten g'schmissen. Die Viecher haben die ganze Wiesen ruiniert. Der Ernstl hat darauf unsere zwei Hunde weg'geben und überall erzählt, dass der Reitmayer sie vergiftet hat. Jedenfalls sind dann drei Verhandlungen g'wesen. Verurteilt is' aber niemand worden. Wir haben jeder die Hälfte von die Prozesskosten zahlen müssen. Ja, der Ernstl is' letztes Jahr g'storben. Der Reitmayer macht mir immer noch zu Fleiß, was er kann. Außerdem is' er ein brutaler Mensch. Inzwischen hat er sich eine ganze Lautsprecheranlage gebaut.«

Sie deutet aus dem Fenster in Richtung Nachbargrundstück. Neben Reitmayers Haus ist eine hohe Stange zu sehen, auf der drei Lautsprecher, die in unterschiedliche Richtungen weisen, montiert sind. Kottan, der bisher gelangweilt das Zimmer gemustert hat, blickt ebenfalls zum Fenster hinaus.

»Und die anderen Nachbarn?«, fragt er gewissenhaft, obwohl er schon genug gehört hat.

»Der Vybiral is' der mit sein' G'schäft. Der Perlak, der is' der, was vorher beim Gartentürl g'standen is', der wohnt auf der anderen Seiten. Der is' mir bis heut noch Geld für den Glaser schuldig. Sein Bub hat mir eine Scheib'n eing'schossen mit dem Fußball. Außerdem sollten S' amal sein' Rasenmäher hören. Ein Traktor is' ein Bienensummen dagegen. Und stundenlang kurvt er damit herum. Naja, seit der Ernstl tot is', glauben alle da, sie können mit mir machen, was sie wollen. Und ich kann mich halt schlecht wehren.«

Schremser, der von dem Kleinkrieg unter Nachbarn ebenfalls genug gehört hat, wirft ein: »Vielleicht war's aber gar niemand aus der Siedlung?«

Frau Komarek schüttelt den Kopf.

»Wer denn sonst?«

»Haben sie Verwandte?«, will Kottan wissen.

»Nur auf dem Friedhof.«

Aus den drei Lautsprechern des Herrn Reitmayer ist jetzt der Signalton der Verkehrsdurchsage zu hören. Kottan wirft Frau Komarek einen fragenden Blick zu.

»Da, der Reitmayer«, nickt sie abfällig und zeigt wieder zum Fenster hinaus.

Im nächsten Moment dröhnt Reitmayers Stimme aus dem Lautsprecher.

»Achtung, Achtung! Der Kaufhof Vybiral ersucht um die Verlautbarung folgender Durchsage. Schlagobers fürs Wochenende muss bis spätestens morgen Mittag bestellt werden. Am Freitag sind noch zwei Termine zum Wäschewaschen frei.«

Frau Komarek verharrt in Lauschpose und wirklich, die Durchsage von Reitmayer wird fortgesetzt.

»Frau Komarek! Schauen S' net so deppert!«

Abschließend erklingt wieder der Signalton der Verkehrsdurchsage.

Frau Reitmayer, zehn Jahre jünger als ihr Gatte, lehnt am Fensterbrett und beobachtet ihren Mann, der immer noch am Radiopult sitzt. Sie deutet mit dem Daumen nach hinten.

»Die Komarek hat's ganz schön gnädig heute.«

»Mhm«, stimmt ihr Reitmayer zu.

»Weißt du, was sie hat?«

Reitmayer schüttelt den Kopf. In diesem Moment läutet es an der Haustür. Frau Reitmayer schlendert ins Vorzimmer und öffnet. Draußen stehen Kottan und sein Kollege.

»Polizei«, grüßt Kottan und zeigt seine Marke. »Dürfen wir kurz stören?«

Frau Reitmayer zögert einen Moment, tritt dann zur Seite und lässt die beiden Kriminalbeamten ins Haus.

»Bitte, kommen S' nur weiter.«

Sie führt Kottan und Schremser zu ihrem Mann, der noch immer mit seiner Anlage beschäftigt ist und nicht bemerkt, dass die beiden Beamten direkt hinter ihm stehen.

»Die Polizei is' da.«

»Lass s' nur herein«, meint Reitmayer und dreht sich auf seinem Hocker um.

Überrascht von Kottans und Schremsers Anwesenheit in seinem Zimmer will er zur Begrüßung aufstehen.

»Tag«, spricht ihn Kottan an.

»Bleiben S' nur sitzen. Wir wollen Ihnen nur ein paar Fragen stellen wegen der Frau Komarek nebenan.«

»Hat s' leicht was ang'stellt?«, fragt Reitmayer hoffnungsvoll.

Schremser, der sich inzwischen auf eine Couch gesetzt hat, zerstört diese Hoffnung.

»Na. Sie hat einen Drohbrief gekriegt.«

Frau Reitmayer kichert, als sie das hört. Schremser wendet sich ihr zu.

»Finden S' des etwa lustig?«

»Naja. Wir vertragen uns net wirklich gut mit der alten Fuchtel.«

Ihr Mann mischt sich schnell ein, bemüht, jeglichen Verdacht von seiner Frau und vor allem von sich selbst fern zu halten.

»Unsinn«, meint er ruhig und sachlich. »Wir haben nur keinen Kontakt.«

Kottan erkundigt sich gelangweilt.

»Sie haben also keine Ahnung, wer den Brief...?«

»Na. Keine Ahnung. Vielleicht ein Streich von dummen Buben?«

Schremser nickt.

»Vielleicht.« Er wechselt einen Blick mit Kottan, und schließt die Befragung: »Naja, Herr Reitmayer, des war's schon wieder. Wiederschauen. Bemühen Sie sich nicht, wir finden schon allein hinaus.«

In der Tür dreht sich Kottan noch einmal um.

»Sagen S', arbeiten Sie nix?«

Reitmayer wählt seine Worte sorgfältig und spricht betont langsam, so als ob er sich rechtfertigen müsse.

»Ich bin Kellner im Wirtshaus Fuhrmann. Heut hab ich Abenddienst. Eh nur einmal in der Wochen.«

Kottan nickt. Er folgt Schremser. Hinter ihnen fällt die Haustür ins Schloss. Reitmayer wendet sich jetzt verärgert an seine Frau.

»Des mit der Alten hast sagen müssen?«

»Is' ja nur die Wahrheit«, rechtfertigt sie sich.

»Egal. Die Alte spinnt sich irgendeine erfundene G'schicht zurecht und die Polizei konstruiert sich daraus gleich was zusammen! Und dann sind wir dran! Darauf bin ich net heiß.«

»Willst mir den Mund verbieten?«, spottet sie.

Reitmayer brüllt und wirft zwei Tonbandschachteln auf den Boden.

»Ja!«

»Und rabiat werden! Des schaut dir ähnlich! Die Polizei weiß doch sowieso schnell Bescheid über unser Verhältnis zu der Komarek.«

»Sag, was du willst«, schreit Reitmayer und deutet dann auf seine Ohren. »Des geht bei mir da hinein und da hinaus!«

Seine Frau grinst.

»Ja eh, weil nämlich nix dazwischen is'.«

Reitmayer tritt ganz dicht an seine Frau heran um sie einzuschüchtern.

»Was soll des sein, wann ich fragen darf? Emanzipation? Bei mir net! Da bin ich der Unternehmer, verstehst, weil des Geld bring immer noch ich z'haus!«

»Und?«

»Wann du deppert wirst, fangst eine!«, brüllt er und hebt drohend die Hand.

Frau Reitmayer bewegt sich nicht vom Fleck.

Müde und mit dem Gefühl einen sinnlosen Ausflug in eine Schrebergartensiedlung unternommen zu haben, trotten Kottan und Schremser die Anhöhe hinauf in Richtung Dienstwagen. Sie steigen in den weißen Polizei-VW, Kottan startet den Wagen. Er gibt zunächst leicht, dann stärker Gas, aber das Fahrzeug bewegt sich nicht von der Stelle. Kottan überprüft mit misstrauischem Gesichtsausdruck die gelöste Handbremse, den eingelegten Gang, kann aber nichts Außergewöhnliches feststellen. Schließlich steigt er aus, umrundet den Wagen und entdeckt, dass der Polizei-VW auf Ziegelsteinen aufgebockt ist. Alle vier Räder wurden abmontiert. Schremser stellt sich neben den fassungslosen Kottan.

»Jaja, dir is' ja bekanntlich noch nie was g'stohlen worden.«

Verzögert durch die etwas problematische Rückfahrt, haben Kottan und Schremser im Büro des Dezernatsleiters Pilch Bericht erstattet. Zufrieden ist Pilch mit den Ausführungen freilich nicht.

»Das ist alles, was Sie in dem Fall herausgefunden haben? Ein äußerst mäßiges Ergebnis, meine Herren!«, tadelt er die beiden.

»Wir nehmen eigentlich net an, dass es wirklich in dem Sinn ein Fall is'. Zumindest net für uns«, meint Schremser.

Kottan nickt.

»In der Siedlung könnt' so gut wie jeder der anonyme Briefschreiber g'wesen sein. Da herrschen sehr kleinliche Verhältnisse. Wir können halt nur hoffen, dass der Briefschreiber die Komarek nur einschüchtern wollt'«, bestätigt Kottan. »Was aber auch mehr als wahrscheinlich sein dürfte.«

Schremser unterstreicht die Aussage seines Kollegen.

»Außerdem, wie man mit jemandem redet, sind die Leut' sofort...«

Schremser unterbricht seinen Bericht, da Pilchs Aufmerksamkeit durch ein plötzlich einsetzendes Fliegensummen vollständig abgelenkt wurde. Der Dezernatsleiter verfolgt die Fliege aufmerksam mit den Augen durch das ganze Büro, bis sich das Insekt auf der Fensterscheibe niederlässt. Pilch wählt eine geeignete Fliegenklappe, nimmt die Fliege mit schmalen Augen ins Visier, läuft zum Fenster und stürzt hinaus. Dem lang gezogenen

Schrei nach müssen seine Untergebenen annehmen, dass er tief gefallen ist. Kottan und Schremser schauen einander betroffen an. Der Major greift sich mit der Hand an die Stirn, Schremser starrt zur Zimmerdecke. Im nächsten Augenblick marschiert Pilch kaum verletzt wieder zur Bürotür herein.

»Gott sei Dank is' mein Büro ja jetzt im Erdgeschoss«, stellt er fest und setzt sich wieder hinter den Schreibtisch.

Ein paar Minuten später sitzt Kottan in seinem Büro. Schrammel tritt ein und wirft die Tür zu ohne die Schnalle in die Hand zu nehmen. Die Tür fällt lautstark ins Schloss.

»Die Tür sollst net zuwerfen«, beschwert sich Kottan, der anscheinend am Einschlafen ist.

Schrammel ist sich keiner Schuld bewusst und deutet auf die Tür, wobei er den Blick nicht von Kottan abwendet.

»Aber ich hab doch eh die Schnallen in der Hand g'habt.«

»Bist dir sicher?«, fragt Kottan.

Ohne hinzusehen tastet Schrammel nach dem Türgriff, aber die Schnalle ist nicht mehr da. Schrammel dreht sich um, macht einen überführten Eindruck und wechselt dann schnell das Thema.

»Die Untersuchung von dem Brief von der Komarek is' jetzt abgeschlossen.«

»Und, gibt's Fingerabdrücke?«, erkundigt sich Kottan erwartungsvoll.

Schrammel nickt.

»Ja.«

»Na wenigstens was«, meint Kottan, ahnt aber, dass sein Assistent etwas verschweigt.

»Fingerabdrücke von der Komarek, vom Briefträger ... vom Pilch ... und ... von mir.«

Mit deprimiertem Gesichtsausdruck greift sich der Major an den Kopf.

»Aber die Buchstaben sind alle aus der gleichen Zeitung herausgeschnitten worden. Aus der EZ«, berichtet Schrammel weiter.

»Aus der Einheitszeitung? Na des wird uns viel weiterhelfen ... na vielleicht doch! Schrammel, du wirst alle Abonnenten überprüfen!«

Schrammel gehorcht und macht sich augenblicklich auf den Weg zur Tür. Dann dreht er sich plötzlich um und protestiert.

»Aber Chef! Des sind 40.000. Jetzt wahrscheinlich noch mehr, seit die EZ die Aktion Setzkasten für Erwachsene ang'fangen hat.«

Kottan zeigt zum Setzkasten neben der Tür.

»Jaja. Österreich lernt lesen.«

»Aber alle Abonnenten? Is' des Ihr Ernst?«, Schrammel kann es nicht glauben.

Kottan nickt lachend. Er macht die Schublade auf, nimmt die fehlende Türschnalle heraus und überreicht sie Schrammel.

»Servas.«

Den frühen Abend verbringt Kottan in der Wohnung bei seiner Familie. Er hat es sich im Wohnzimmer auf einem Fauteuil vor dem Fernsehapparat bequem gemacht. Seine Frau sitzt beim Tisch und bügelt. Kottans Tochter Sissi lehnt auf der Couch und strickt eine Babyjacke. Sie ist im siebten Monat schwanger. Frau Kottan zeigt auf die verschlossene Tür, die in das Zimmer von Sissi führt.

»Jetzt is' der Walter mit seiner Freundin schon fast eine Stund' allein im Zimmer.«

Kottan schaut auf die Armbanduhr und schüttelt sofort den Kopf.

»46 Minuten«, verbessert er.

Seine Worte beruhigen Frau Kottan nicht.

»Mir passt des net. Schließlich is' er doch erst sechzehn.«

»Schickst halt die Sissi zum Aufpassen hinein«, schlägt Kottan grinsend vor, »schließlich is' es ja ihr Zimmer.«

»Ja sicher. Na die tät ihm die richtigen Instruktionen geben...«

Sissi muss kurz lächeln.

»Wie heißt s' überhaupt?«, erkundigt sich Kottan desinteressiert.

»Wer?«

»Die neue Freundin.«

»Gerda«, antwortet Frau Kottan abfällig.

Kottan wendet sich seiner Tochter zu.

»Und wo is' dein Exbräutigam?«

Sissi hebt kurz die Schultern, gibt sich vollkommen gleichgültig.

»Ich weiß net. Er fragt mich net bei jedem Schritt um Erlaubnis.«

»Geht er dir ab wie ein Möbelstück, das du g'wohnt bist?«, will Frau Kottan von ihrem Mann wissen.

Darauf hat Kottan keine Antwort, er wendet sich lieber wieder seiner Tochter zu.

»Siehst jetzt wenigstens ein, dass du blöd warst, Sissi? Du sitzt da mit dem Bauch und der feine Herr fliegt herum.«

»Und? Is's vielleicht besser, wann wir alle beide dasitzen?«

Frau Kottan unterbricht ihren Mann, bevor er antworten kann und deutet wieder zur Tür.

»Ein anständiges Mädel bleibt net so lang mit dem Sohn des Hauses im Zimmer, wann die Eltern ebenfalls daheim sind.«

Kottan hält nicht nur die Aufregung seiner Frau für vollkommen übertrieben, sondern auch die Formulierung für albern.

»Der Sohn des Hauses«, wiederholt er kopfschüttelnd. »Ich will jetzt nix mehr hören. Der Sport fängt an«, mahnt er und lehnt sich zurück. Im Fernsehen beginnt eine Leichtathletikübertragung.

Am Bildschirm sind die Vorbereitungen zum 400-Meter-Hürdenlauf zu sehen, anschließend der Lauf, kommentiert von einem Sportreporter.

»Die beste Besetzung wies der 400-Meter-Hürdenlauf der Frauen auf, den die bereits 28jährige Josefine Kobal souverän für sich entscheiden konnte. Leider wurde das Rennen von einem tragischen Unfall überschattet. Die für Nürnberg startende Karin Niedlich kam bei der vierten Hürde schwer zu Sturz. Knöchelbruch. Sie musste noch auf dem Sportplatz eingeschläfert werden.«

Frau Kottan starrt entsetzt auf den Fernsehapparat, dann fragend zu ihrem Mann.

»Naja, war ja verletzt«, gibt er dem Reporter Recht.

In der Schrebergartensiedlung ist es bereits dunkel. Die Fenster von Frau Komareks Häuschen sind hell erleuchtet. Sie wäscht das Geschirr in ihrer kleinen Küche. Eine Gestalt, es ist Reitmayer, taucht aus der Dunkelheit auf und schleicht sich hinter den Sträuchern langsam näher an das Haus heran. Reitmayer wirft einen Stein gegen eine Fensterscheibe, die sofort zersplittert. Frau Komarek erschrickt, läuft ins Wohnzimmer und entdeckt die zerschlagene Scheibe. Da fliegt ein weiterer Stein durch das benachbarte Fenster, das ebenfalls zu Bruch geht. Frau Komarek eilt zum Fenster. Sie kann den Flüchtenden nur mehr als Schatten erkennen und ihm nachschreien.

»Stehen bleiben! Aufhalten! Feigling!«

Dann dreht sie sich zu ihrem Wellensittich und murmelt leise:

»So ein Feigling.«

Nur wenige Meter entfernt eilt der flüchtende Reitmayer mit großen Schritten bei Vybirals Stand vorbei.

Vybiral sitzt auf einem Sessel neben seinem Wagen, pfeift zweimal und ruft dem abendlichen Spaziergänger zu dessen großer Überraschung zu: »Herr Reitmayer!«

Reitmayer, der Vybiral bisher nicht bemerkt hat, erschrickt. Er schaut sich in alle Richtungen um.

»Sitzen Sie schon lang da?«

Vybiral nickt wissend.

»Lang genug.«

Reitmayer dreht sich nach Frau Komareks Häuschen um, Vybiral blickt ebenfalls hinüber, deutet mit dem Finger auf das Haus und nickt noch einmal.

»Jaja, die Aussicht da hinüber, die is' allerdings glänzend.«

Reitmayer macht einen betroffen Eindruck, Vybiral überreicht ihm einen Zettel.

»Da schauen S'. Zwei Durchsagen für morgen in der Früh hätt' ich noch, Herr Reitmayer. Ausnahmsweise kostenlos, oder?«

Reitmayer nickt ergeben.

»Und, soll ich wieder auf sie aufpassen?«, wechselt Vybiral dann übergangslos das Thema.

Reitmayer kann den Worten des Nachbarn nicht folgen und zieht ein dummes Gesicht.

»Auf wen?«

»Auf Ihre Frau.«

Reitmayer nickt noch einmal und entfernt sich vom Stand.

Kottan und seine Frau sitzen immer noch in ihrem Wohnzimmer. Sissi macht inzwischen auf einer am Boden liegenden Decke Schwangerschaftsgymnastik. Frau Kottan wiederholt von Zeit zu Zeit ihren verächtlichen Blick in Richtung der Zimmertür, die nach wie vor geschlossen ist.

»Ich glaub, diese Gerda, die geht heut überhaupt nimmer nach Haus'.«

Kottan zuckt nur gleichgültig mit den Schultern.

»Na, dann geh hinüber und schmeiß sie raus.«

Frau Kottan stößt ihren Mann an.

»Das wär' deine Sach'«, fordert sie ihren Mann auf und deutet mit dem Kopf noch einmal zur Tür.

Kottan macht keinerlei Anstalten sich von der Couch zu erheben.

»Mich stört die junge Dame net.«

Frau Kottan wiederholt sich.

»Mir is' des net recht.«

Jetzt läutet es an der Wohnungstür, Kottan steht sofort auf.

»Ich mach auf.«

»Wer kann denn das sein?«, fragt seine Frau verwundert.

Kottan, der schon unterwegs zur Tür ist, dreht sich um und lacht.

»Wahrscheinlich die Eltern von der Gerda. Du wirst zum zweiten Mal Großmutter.«

Frau Kottan schüttelt erschrocken den Kopf und ruft ihm entrüstet nach.

»Dolferl!« Sie wendet sich ihrer Tochter zu. »Manchmal könnt' ich ihn umbringen.«

Kottan kommt wieder ins Wohnzimmer, begleitet von einer sichtlich aufgeregten Frau Komarek.

»Ja. Zwei Fenster eing'schossen. Vor einer Stund' war des erst. Die Funkstreife is' eh gleich 'kommen«, berichtet sie dem Major.

Kottan hebt hilflos die Arme. Frau Komarek bemerkt die beiden Frauen und nickt ihnen freundlich zu.

»Tag.«

Kottan stellt sie vor.

»Des is' die Sissi, meine Tochter ... und des meine Frau, Ilse.«

»Grüß' Sie«, Frau Komarek nickt erneut.

Kottan bietet ihr einen Platz auf der Couch an.

»Setzen S' Ihnen nieder. Wollen S' vielleicht einen Schnaps?«

Sissi unterbricht ihre Übungen und räumt die Decke weg. Frau Komarek setzt sich hin und nimmt Kottans Angebot freudig an.

»Auf den Schrecken hin gern. Was haben S' denn?«

Kottan hält eine Flasche mit klarem Schnaps in die Höhe.

»Einen Slibowitz.«

Frau Komarek zieht die Mundwinkel nach unten.

»Naja ... macht nix, geht auch.«

Kottan holt drei kleine Gläser aus dem Schrank und schenkt Frau Komarek, seiner Frau und sich selbst ein. Dann erklärt er seiner Familie, wer der unerwartete Gast ist.

»Die Frau Komarek hat heut einen Drohbrief mit der Post 'kriegt.«

»Aha. Und wie kommen S' da her?«, erkundigt sich Frau Kottan.

»Ein freundlicher Beamter im Sicherheitsbüro hat mir die Adresse 'geben«, antwortet Frau Komarek und lächelt arglos.

»Sehr aufmerksam von ihm«, meint Kottan. »Aber die Funkstreife wird doch wohl ein Protokoll aufg'nommen haben?«

Frau Komarek nickt.

»Ja. Schon. Aber der Herr Pilch hat doch g'sagt, Sie sollen sich um mich kümmern. Und heut am Nachmittag hab ich doch das G'fühl g'habt, Sie nehmen das Ganze nicht richtig ernst.«

Frau Kottan schaut ihren Mann vorwurfsvoll an. Er ignoriert sie und hebt sein Glas.

»Also Prost.«

»Prost«, erwidert Frau Komarek.

Die alte Frau trinkt ihr Glas in einem Zug leer. Kottan und seine Frau begnügen sich mit einem kleinen Schluck. Frau Komarek schüttelt sich wie ein Hund.

»Ah! Gut is' der.«

»Aber erkannt haben S' wahrscheinlich niemand«, kommt Kottan noch einmal auf den Anschlag zurück.

»Ich hab schon wen wegrennen g'sehen. Aber wer des g'wesen is'...«

Frau Komarek hebt hilflos die Hände, dann fällt ihr Blick auf Sissi, die mittlerweile wieder am Sofa sitzt. Sie lächelt.

»Na bei Ihnen is's jetzt dann wohl bald soweit. Net wahr?«

»Naja, sechs Wochen sollt's schon noch dauern«, widerspricht Sissi.

Frau Komareks Redefluss ist nicht zu bremsen. Sie setzt zu einem kurzen Monolog an.

»Des geht oft schneller, als man glaubt. Aber heutzutag' braucht man ja keine Angst mehr haben. Heut wissen s' viel mehr. Aber früher? Obwohl, wann früher was g'wesen is', hat des auch net gleich heißen müssen, dass man des Kind abschreiben muss. Brauchen's nur mich anschauen. Ich bin ein Sechsmonat-Kind. Brutkästen hat's damals ja noch net gegeben. Meine Mutter hat mich einfach ins Backrohr vom Küchenherd g'legt. Die hat keinen Doktor 'braucht. Bei uns daheim is' immer die Madame kommen. Einmal hat auch mein Vater einspringen müssen, weil sie zu spät 'kommen is'. Und gleichzeitig mit der Nachgeburt is' er der Länge nach auf dem Boden g'legen. Ohnmächtig war er.« Sie unterbricht kurz, wendet sich an Kottan: »Krieg ich noch einen Slibowitz?«

Kottan nickt, nimmt Frau Komareks Glas und schenkt ihr nach. Frau Komarek rutscht auf dem Sofa näher an Sissi heran.

»Sie trinken nix?«

»Lieber net«, meint sie.

Frau Komarek setzt ihren Monolog fort.

»Is eh g'scheiter. Brav.« Sie leert das Glas wieder in einem Zug und schüttelt sich. »Gut is' der. Also, wie ich schon g'sagt hab, des war alles viel schwieriger. Damals. Ich hab ja nur ein Kind kriegt. Im Spital war ich schon zwei Wochen über der Zeit, über den ausgerechneten Termin. Die Geburt einleiten oder so was, des hat's ja net geben. Da hat der Doktor zu mir g'sagt: Frau Komarek, essen S' nur. Viel essen. Des hilft, hat er g'sagt. Und ich hab g'fressen. Semmeln hab ich g'fressen, bis des Kind da g'wesen is'. Dreizehn Semmeln.«

Frau Kottan mustert ihre Tochter mit ängstlichem Blick, schüttelt den Kopf.

»So was gibt's natürlich nimmer.«

»Na«, stimmt Frau Komarek zu.

»Aber Vernünftige und Unvernünftige gibt's. Neben mir im Spital is' damals eine Frau aus Mödling g'legen. Die war schon drei Wochen über der Zeit. Der Doktor hat ihr desselbe g'sagt wie mir, aber die hat nix dergleichen 'tan. Was war der Erfolg? Des Kind haben s' ihr noch im Körper zerstückeln müssen. Sie is' selber dann auch noch gestorben. Mit dem Leichengift vom Kind hat sie sich infiziert. So. Ich red und red. Ich muss schauen, dass ich heimkomm'.«

Trotzdem wirft sie Kottan noch einen fragenden Blick zu: »Ein Stamperl geht noch?«

Kottan schenkt ein drittes Mal ein, dieses Mal randvoll. Frau Komarek hat noch weitere wichtige Ratschläge für die schwangere Sissi.

»Des Wichtigste is' jetzt: net anstrengen, net aufregen und vor allem net schrecken. Von meiner Großmutter die Schwester, die hat sich, wie sie hochschwanger war, wegen was g'schreckt und mit der Hand fest auf den Oberschenkel g'schlagen.« Sie unterbricht die Geschichte, trinkt und schüttelt sich. »Gut is' der. Und des Kind von ihr hat dann an der gleichen Stell' eine Hand g'habt auf der Haut.«

»Volksmärchen aus Österreich«, kommentiert Kottan müde lächelnd.

Daraufhin schüttelt Frau Komarek entschieden den Kopf und hebt belehrend den Zeigefinger.

»Ich erzähl' keine Märchen. Ich hab die rote Hand selber g'sehen! Alle fünf Finger! Überhaupt ... ich könnt' Ihnen Sachen erzählen...«

»Na, danke«, wirft Frau Kottan ein.

Frau Komarek schenkt sich jetzt selber noch ein Glas Slibowitz ein und plaudert dann weiter.

»Im Neunkirchner Spital hat einmal eine Frau, des war noch vor dem Krieg, vier Dackeln auf die Welt 'bracht. G'worfen müsst man da ja sagen. Der Mann hat sich, wie er seine Kinder g'sehen hat, natürlich sofort scheiden lassen.«

Frau Kottan wird es langsam zu bunt.

»Und die Dackeln, wann sie net gestorben sind, leben noch heut«, ergänzt sie.

»Da müssen S' net lachen«, meint Frau Komarek. »Es gibt viele Sachen, die glaubt man net.« Sie erhebt sich ein wenig schwankend. »So, jetzt geh ich aber. Wissen S' schon, wie des Kind heißen soll?«

»Na«, antwortet Sissi.

Frau Komarek (Maria Englstorfer) fühlt sich bei den Kottans recht heimelig.

Frau Komarek tätschelt Sissi zum Abschied noch fest die Wange und schüttelt ihr dann schwungvoll die Hand.

»Also, Ohren steif halten.«

»Ich bring Sie hinaus.« Kottan schiebt Frau Komarek in Richtung Vorzimmer.

Als die beiden das Wohnzimmer verlassen haben, meint Frau Kottan ziemlich erschüttert zu Sissi: »Bei der hätt' ich mich mit einem Drohbrief gar net erst aufg'halten.«

Sissi legt ihre Decke wieder auf den Boden und setzt ihre Übungen fort. Kottan kommt zurück und beobachtet sie.

»Du strampelst noch immer?«

»Die Frau Komarek hat mich ja unterbrochen«, erklärt Sissi.

»Die waren doch lustig, ihre G'schichten«, meint Kottan.

»Findest du? Ich bin net heiß drauf.«

»Ich hab noch einen Weg«, fällt Kottan plötzlich ein und er geht zur Tür.

Im Gasthaus Fuhrmann herrscht reger Betrieb, als der Major das Lokal betritt. Im Hintergrund spielt leise die Musikbox. Kottan geht zum Schanktisch. Ein Mann mit dicken Brillengläsern, der bei einem Spielautomaten steht, dreht sich zu Kottan um. Er ist schon etwas betrunken und mustert den Beamten intensiv. Der Major kommentiert die unerwünschte Aufmerksamkeit.

»Na, is' was mit mein' G'sicht?«

»Andere sitzen auf so was«, meint der Mann kopfschüttelnd.

Kottans Blick verdunkelt sich, doch bevor er reagieren kann, fällt ihm der Wirt ins Wort.

»Der is' von der Polizei«, belehrt er den Mann mit der Brille.

Kottan wendet sich zum Schanktisch, schaut den Wirt fragend an.

»Sie kennen mich?«

»Sowieso. Sie haben seinerzeit meinen Bruder verhaftet.«

»Und?«

»Er sitzt immer noch.«

Kottan lehnt sich lässig mit dem Rücken an den Schanktisch, beobachtet interessiert das Geschehen in der Gaststube.

»Is' er unschuldig zum Handkuss kommen?«

»Na, des net. Aber Sie kommen schon noch in meine Gassen.«

Kottan fährt herum.

»Sie, sind S' ja vorsichtig mit Ihre' Drohungen.«

»Keine Angst. Persönlich halt ich mich zurück. Wollen S' was trinken? Ein Glas Milch vielleicht?«

Kottan lächelt mitleidig und nickt.

»Wann S' nix anderes haben.«

Der Wirt nimmt aus dem Kühlschrank eine Milchpackung. In einem unbeobachteten Moment gibt er zwei jüngeren Männern ein Zeichen in Richtung Eingangstür. Die beiden verlassen augenblicklich das Lokal, mustern im Hinausgehen noch kurz den Major. Während der Wirt die Milch in ein Bierglas einschenkt, nähert sich ein älterer Mann.

»Zahlen S' ein Bier für einen verarmten Komponisten?«, fragt er.

»Was is' von Ihnen?«

Der Mann beginnt zu singen.

»Wann der Herrgott net will, nutzt des gar nix...«

»Des gibt's doch schon«, wendet Kottan ein.

»Freilich. Weil's von mir is'.«

Der Wirt kommt zurück und schiebt Kottan das Glas hin. Kottan legt einen Geldschein auf den Tisch, den der Wirt liegen lässt. Kottan deutet auf die Milch?

»Vergiftet?«

»Selbstverständlich«, bestätigt der Wirt ernsthaft.

Kottan nimmt einen großen Schluck und stellt das Glas ohne Reaktion ab.

»Eigentlich wollt' ich mit Ihrem Kellner reden, dem Reitmayer.«

»Bei uns da is' er der Herr Fritz«, belehrt ihn der Wirt mit überheblicher Miene.

»Is' er schon lang bei Ihnen, der Herr Fritz?«

»Zwei Jahr' sind das mittlerweile. Da kommt er eh grad.«

Reitmayer biegt um die Ecke, tritt zum Schanktisch und stellt ein Servierbrett ab.

»Zufällig da, Herr Inspektor?«, erkundigt er sich, als er Kottan entdeckt.

»Na. Irgendwer hat um halb acht bei Ihrer Nachbarin zwei Fenster eing'schlagen.«

»Tja«, entgegnet Reitmayer lediglich und hebt die Arme.

Der Wirt mischt sich triumphierend ein und grinst Kottan an.

»Der Herr Fritz fangt bei mir aber schon um sieben Uhr an.«

Kottan behauptet in selbstsicherem Ton: »Heut is' er allerdings später 'kommen.«

Der Wirt ist überrumpelt.

»Ja«, antwortet er automatisch und schlägt sich auf den Mund, als er seinen Fehler bemerkt.

»Hören S', Herr Inspektor. Ich hab sicher nix g'macht«, erklärt Reitmayer nervös. »Es tät' mich aber net wundern, wann die alte Komarek g'sagt hat, sie hat mich erkannt.«

»Des hat s' net g'sagt.«

»Net? Des wundert mich.«

Kottan fragt weiter.

»Und warum sind S' denn heut eigentlich wirklich später 'kommen?«

»Ich hab ein Malheur g'habt mit meinem Auto«, erklärt Reitmayer langsam.

»Sie auch?«

Reitmayer versteht die Andeutung des Majors nicht. Mit einem Mal rückt er hektisch Gläser auf dem Schanktisch hin und her, verlangt hastig vom Wirt die Speisen für einen Tisch, ganz so, als ob er mit Arbeit überhäuft wäre.

»Gib mir den siebener Tisch.«

Der Wirt schiebt ihm ein volles Tablett hin, mit dem Reitmayer mit hastigen Schritten verschwindet. Kottan nimmt noch einmal das Glas Milch in die Hand, riecht kurz daran und stellt es dem Wirt dann direkt vor die Nase.

»Die is' sauer.«

Kottan nimmt den von ihm kurz zuvor auf das Buffet gelegten Geldschein wieder an sich und geht in Richtung Ausgang. Als Kottan bei der Tür ist, nimmt der Wirt, neugierig geworden, einen Schluck. Er verzieht das Gesicht und spuckt die Milch in die Abwasch.

Die beiden jungen Männer, die zuvor auf Anweisung des Wirts das Lokal verlassen haben, lauern links und rechts vom Eingang. Einer von ihnen streichelt seinen Schlagring.

»Er kommt«, flüstert der andere, als Kottan die Tür aufschiebt.

Der Mann mit dem Schlagring und sein Partner machen sich bereit den Major anzugreifen. Kottan springt mit einem Satz aus dem Lokal, schlägt mit beiden Fäusten gleichzeitig zu, noch bevor die beiden ihr Vorhaben durchführen können. Einer der

Angreifer wird so hart getroffen, dass er einen Salto rückwärts macht, der andere fällt zu Boden und bleibt liegen. Der erste Mann schüttelt den Kopf, macht ein entschlossenes Gesicht und mit einem Salto vorwärts bringt er sich wieder in seine ursprüngliche Position. Sofort stürmt er erneut auf Kottan zu. Der Major macht einen Schritt zur Seite, und der Angreifer fällt mit einem lauten Schrei über Kottans Bein zu Boden. Der Major wendet sich jetzt dem zweiten Mann zu, der immer noch auf dem Gehsteig sitzt. Langsam erhebt er sich und streichelt dabei seinen Schlagring. Kottan weicht zur offenen Eingangstür zurück. Als der Mann zuschlägt, kann Kottan ausweichen. Der Wirt, der plötzlich in der Tür erscheint, wird in den Bauch getroffen und sinkt langsam auf den Gehsteig.

»Ich bin doch der Falsche«, stöhnt er dabei vorwurfsvoll.

Kottan richtet sich den leicht verrutschten Mantel und betrachtet die drei Männer.

»Ihr Idioten!«, schimpft der Wirt, der immer noch verkrampft auf dem Trottoir liegt.

Der junge Mann mit dem Schlagring macht eine hilflose Geste.

»Es is' noch kein Meister vom Himmel g'fallen«, rechtfertigt er sich.

»Aber schon mancher aus den Wolken«, belehrt ihn Kottan und schlendert zu seinem Auto.

Als der Major zu Hause ankommt, schläft der Rest seiner Familie bereits. Er geht weiter ins Wohnzimmer, hängt seinen Mantel über den Fauteuil und schaltet gähnend den Fernsehapparat ein. Es ist knapp vor Sendeschluss, die Fernsehsprecherin ist bereits bei den Programmankündigungen für den folgenden Tag.

»Meine Damen und Herren, zum Abschluss der Sendefolge in FS 1 darf ich Ihnen das Programm für morgen, Dienstag, bekannt geben.«

»Des glaub ich net«, murrt Kottan und dreht den Apparat wieder ab.

Er zieht jetzt auch seinen Rock aus und greift nach einer Zigarette, als es an der Wohnungstür läutet. Kottan schaut auf die Uhr staunt über den späten Besuch.

Er schlendert zur Haustür und öffnet sie. Vor ihm steht die Fernsehsprecherin, die mit ihrer Ankündigung fortfährt.

»Um 10 Uhr 30 beginnen wir mit dem melodramatischen Spielfilm: *Opfer einer großen Liebe*. Nach der *Zeit im Bild 1* steht um 20 Uhr das heiter besinnliche Fernsehspiel *Blaubart* auf dem Programm.«

Kottan blinzelt ungläubig und schließt die Tür. Es läutet nochmals, Kottan öffnet erneut. Die Fernsehsprecherin ist mit ihrer Programmvorschau noch nicht fertig.

»Anstelle des abgesagten Autorennens sehen Sie in FS 2 das Fernsehspiel: *Der kleine Prinz*. Und damit wünsche ich Ihnen für heute noch eine angenehme Nacht. Auf Wiedersehen.«

2

Kottan und Schrammel halten sich in der Kantine des Sicherheitsbüros auf. Der Major nimmt sein Frühstück, bestehend aus einer Tasse Tee, einem Salzstangl und einem Tortenstück zu sich. Sein Assistent verschwendet keine Zeit an die Nahrungsaufnahme. Er spielt eifrig an einem von der Polizei beschlagnahmten Automaten, der in der Kantine des Sicherheitsbüros ein neues Zuhause gefunden hat und der Unterhaltung der Beamten dient.

»Viel Mühe hast dir mit der Zeitungsspur aber net 'geben, Schrammel. Hab ich Recht?«, vermutet Kottan.

Schrammel dreht sich nicht um, spielt weiter an seinem Automaten.

»Hätt' ich vielleicht wirklich alle 40.000 Abonnenten...?«

»Na. Aber du hättest zumindest überprüfen können, ob irgendwelche Nachbarn von der Frau Komarek die Einheitszeitung lesen.«

»Das hab ich eh gemacht«, erwidert Schrammel stolz. »In der unmittelbaren Nachbarschaft in der Siedlung, da hat niemand ein Abo.«

Kottan denkt kurz nach.

»Und wann die sich die Zeitung beim Schleicher besorgen? Beim Kaufhof Vybiral?«

Schrammel zuckt mit den Schultern und konzentriert sich auf den Glücksspielautomaten. Aus dem Automaten fallen ein paar Münzen. Schrammel reibt sich freudig die Hände.

»Na bitte. Schon wieder gewonnen. Is' höchste Zeit, dass andere Automaten konfisziert werden. Auf die da bin ich schon Meister.«

Kottan deutet eine abfällige Bewegung mit seinem Teelöffel an.

»Hausmeister.«

»Was?«, fragt Schrammel, der nicht wirklich an einer Antwort interessiert ist und zum nächsten Automaten wechselt.

»Es gibt Kollegen, die müssen sich einen Vorschuss nehmen wegen der Automaten«, erklärt Kottan.

»Is' ja nur für die Gemeinschaftskasse, für unsere Fahrt ins Blaue.«

Schrammel wirft noch eine Münze ein, verliert aber dieses Mal. Er trägt seinen Gewinn zum Tisch und setzt sich. Auch er hat sich Gedanken über den Fall gemacht und unterbreitet Kottan das Ergebnis seiner Überlegungen.

»Warum hat eigentlich der Drohbriefschreiber seine Buchstaben net gleich aus der Setzkasten Aktion der EZ g'nommen?«

Kottan schmunzelt.

»Weil Österreich erst beim R ist...«

»Und warum machen wir überhaupt soviel Wasser wegen der alten Dame?«

Kottan will eben antworten, als Schremser in die Kantine hastet.

»Wirst verfolgt?«, spottet Kottan.

»Ich hab was Interessantes g'funden ... im Strafregister.«

Kottan wird hellhörig.

»Was?«

»Eine Vorstrafe vom Reitmayer.«

»Was Ernstes?«

Schremser zieht die Augenbrauen hoch.

»Wie man's nimmt.«

Schrammel hat sich während der letzten Sekunden mit dem Öffnen einer Chipspackung geplagt. In diesem spannenden Moment reißt die Packung mit einem Ruck auf. Die Erdäpfelscheiben fliegen durch die Luft, verteilen sich über den Tisch, einige landen im Teebecher.

Kottan schiebt die Tasse weg und erhebt sich.

»Jetzt kannst mich im Wirtshaus auf einen Tee einladen, Schrammel.«

»In welchem Wirtshaus?«

Kottan wendet sich kopfschüttelnd an Schremser.

»Der kann Fragen stellen, was?«

Er nimmt die dünne Mappe an sich und verlässt mit Schrammel die Kantine. Schremser wartet, bis seine Kollegen nicht mehr zu sehen sind, dann kostet er im Stehen von der Torte, nickt anerkennend. Er setzt sich, lehnt die Krücken an die Wand und steckt sich eine Serviette in den Hemdkragen.

Frau Komarek hat ihr Häuschen verlassen und spaziert durch die Schrebergartensiedlung. Aus den drei Lautsprechern von Reitmayer ist zunächst wieder der Signalton der Verkehrsmeldung zu hören, dann schallt die fröhliche Stimme Reitmayers durch die Siedlung.

»Guten Morgen, guten Morgen. Ganz speziell für die Frau Komarek spiele ich heute als Erstes...«

Im nächsten Augenblick ertönt das Mundharmonika-Thema aus *„Spiel mir das Lied vom Tod"*. Frau Komarek ist entrüstet und hastet kopfschüttelnd weiter.

Als sie den Kaufhof Vybiral passiert, ist die Musik immer noch zu hören. Frau Komarek blickt Vybiral vorwurfsvoll an.

»Hören S' Ihnen das an. Und mit dem Herrn machen Sie Geschäfte.«

Vybiral rechtfertigt sich.

»Ich brauch halt auch Werbung, Frau Komarek. G'schäft ist G'schäft.«

Frau Komarek schenkt ihm einen verächtlichen Blick und lässt eine abfällige Handbewegung folgen.

»Sie stecken mit dem Reitmayer sowieso unter einer Decke.«

»Warum kaufen S' dann überhaupt noch was bei mir?«, fragt Vybiral.

»Is' ja net meine Schuld, dass Sie fast ein Monopol für unsere Siedlung haben.«

Vybiral wirft jetzt einen Blick auf das selbst gestrickte Kostüm von Frau Komarek.

»Wann stricken S' denn was für mich?«

»Nie! Nur über meine Leich'«, antwortet sie entschlossen und marschiert mit raschen Schritten weiter zur nächstgelegenen Straßenbahnstation.

Kottan und Schrammel betreten das Wirtshaus Fuhrmann. Die Gaststube ist dieses Mal fast leer. Die beiden Kriminalbeamten setzen sich an einen Tisch. Der Wirt eilt aus dem Nebenraum, hält einen Augenblick inne und nähert sich dann dem Tisch.

»Tag, Herr Inspektor.«

»Inspektor gibt's kan«, belehrt ihn Schrammel mit ernster Miene.

Kottan schaut den Wirt an.

»Krieg ich einen Tee bei Ihnen?«

»Naja, meine Lieblingskundschaft sind S' ja net grad. Einen Tee können S' aber haben. Wann Sie sich ihn trinken trauen.«

Kottan nickt.

»Is' der Herr Fritz net da?«

»Doch, doch. Der wird vermutlich grad in der Küche sein.«

Der Wirt entfernt sich, wird aber von Kottan zurückgerufen.

»Bleiben S' doch einen Moment da. Sie haben hier im Lokal doch sicher Zeitungen aufg'legt, nehm ich an, für die Gäste.«

Der Wirt hebt die Arme seitlich in die Höhe.

»Derf ich net?«

»Die EZ auch?«, will Kottan wissen.

»Ja, klar.«

»Und die Zeitungen, die schmeißen S' dann nach jedem Tag weg?«

Der Wirt schüttelt den Kopf.

»Na«, sagt er. »Meistens nimmt sich s' der Kellner mit nach Haus. Besonders seit der Setzkastenaktion in der EZ.«

Kottan hat genug erfahren.

»Danke.«

»Bitte.«

Der Wirt geht zum Schanktisch. Schrammel hat mit argwöhnischer Miene das Gespräch verfolgt.

»Ich versteh«, meint er, »aber Beweis is' des noch keiner.«

Kottan nickt.

»Nur eine Idee.«

Schrammel lehnt sich zurück, streckt sich und gähnt ausgiebig.

»Wann du schon den Mund offen hast, Schrammel, dann ruf gleich den Kellner her.«

Kottan deutet mit dem Kopf zur Küchentür. In diesem Moment erscheint Reitmayer in der Gaststube.

»Guten Tag«, grüßt er, als er die beiden Kriminalbeamten erblickt.

Vor dem Wirthaus beziehen die beiden jungen Männer, die Kottan am Vorabend aufgelauert haben, erneut links und rechts vom Wirtshauseingang Position. Der Wirt hat ihnen abermals eine entsprechende Anweisung erteilt. Heute halten beide einen Knüppel in der Hand.

Sie versichern einander: »Diesmal kommt er uns net aus.«

»Bestimmt net.«

In der Gaststube hat Reitmayer am Tisch von Kottan und Schrammel Platz genommen.

»Sagen S', haben Sie schon einmal mit der Polizei oder mit dem Gericht zu tun g'habt, Herr Reitmayer?«, forscht Kottan.

Reitmayer wehrt den Verdacht mit einer Handbewegung entschieden von sich.

»Na!«

Kottan wendet sich an Schrammel.

»Da schau her. Er kann sich an nix erinnern. Auf einmal hat er keine Vergangenheit. Der passt zu dir Schrammel. Du hast keine Zukunft.«

Schrammel bedenkt seinen Chef mit einem beleidigten Blick, dann übernimmt er die Befragung.

»Und was is' mit dem Überfall? Haben S' den schon wieder vergessen?«

Reitmayer macht einen überraschten Eindruck, schweigt ein paar Sekunden, winkt ab.

»Aber des is' doch schon eine Ewigkeit her. Außerdem is' nur ein Gelegenheitsdiebstahl g'wesen. Ein kleiner Raub, Herr Inspektor.«

Jetzt verbessert Kottan.

»Inspektor gibt's kan.«

»Nach zwei Minuten war ich eing'fangt«, meint Reitmayer noch.

Kottan zeigt auf Schremsers Mappe.

»Is' mir bekannt. Zuerst zu lange Finger und dann zu kurze Beine.«

»Und was soll des alles überhaupt mit der Frau Komarek zu tun haben? Is' ihr was g'stohlen worden?«, will Reitmayer jetzt wissen.

»Na. Nur eine Routinefrage. Sie lesen die Einheitszeitung?«

»Ja. Daheim. Warum?«

»Noch eine Routinefrage.«

Kottan hat den Tee ausgetrunken, legt das Geld dafür auf den Tisch, blickt kurz Richtung Eingangstür, dreht sich dann zum Kellner um.

»Gibt's da einen Hinterausgang?«

Reitmayer nickt.

»Ja, da hinten, durch den Innenhof.«

Der Major steht auf und wendet sich in die angezeigte Richtung. Schrammel folgt ihm.

»Warum gehen wir net vorn hinaus?«, will Schrammel wissen.

»Ich weiß warum.«

Kottan und Schrammel verlassen das Lokal ungefährdet durch den Hinterausgang. Als die Beamten die Gaststube verlassen haben, beschimpft der Wirt seinen Kellner.

»Des mit dem Hinterausgang war notwendig?«

Dabei schlägt er mit der Faust auf den Schanktisch und bringt damit das Flaschenregal zum Einsturz.

Frau Komarek ist wieder in ihrem Häuschen. Sie sitzt am Tisch und spielt Zither, bricht dann plötzlich das Spiel ab, als sie ein eigenartiges Rascheln vor ihrer Tür vernimmt.

»Hast du auch was g'hört?«, flüstert sie in Richtung Vogelkäfig.

Der Wellensittich antwortet mit einem Zwitschern. Frau Komarek schaut aus dem Fenster, kann aber nichts und niemanden entdecken. Sie geht zur Tür. Jetzt ist ganz deutlich ein scharrendes Geräusch zu hören.

»Unheimlich is' des«, raunt sie in Richtung Wellensittich, der dieses Mal nicht auf ihre Bemerkung reagiert. »Aber in die Hosen mach ich mir net!«, beschließt Frau Komarek entschlossen und nimmt im Wohnzimmer einen Teppichklopfer von der Wand.

Sie geht zurück zur Tür und reißt sie schwungvoll auf, den Teppichklopfer zum Schlag erhoben. Vor ihr kniet der Briefträger und hält einen etwas zerknitterten Brief in der Hand. Frau Komarek schaut überrascht.

»Ja, sagen S', was machen S' denn da auf dem Boden, hören S'?«

Der Briefträger richtet sich ächzend auf.

»Den Brief wollt' ich Ihnen unten reinschieben. Sie haben ja keinen Briefkasten und mein Klopfen haben S' auch net g'hört.«

Frau Komarek lässt den Teppichklopfer wieder sinken und hält ihn nur noch locker in der Hand.

»Na kommen S' rein«, meint sie und geht voraus, der Briefträger folgt ihr langsam nach.

»Und, is' wieder Strafporto drauf?«, erkundigt sie sich misstrauisch.

Der Postbote schüttelt den Kopf.

»Na, heut net.«

Frau Komareks Gesicht erhellt sich.

»Dann her damit.«

Sie nimmt den Brief energisch an sich, sucht nach ihrer Brille. Sie setzt an um zu sprechen, doch der Briefträger kommt ihrer Bitte zuvor.

»Zum Lesen hab ich heute aber keine Zeit. Auf Wiederschauen.«

Er dreht sich um und verschwindet rasch durch die offene Eingangstür. Frau Komarek blickt ihm hilflos nach.

»Wiederschauen.«

Sie findet die Brille in der Tasche ihrer Schürze und reißt das Kuvert auf. Die aufgeklebten Zeitungsbuchstaben stechen ihr sofort ins Auge. Sie liest den Brief aufmerksam durch, dann nickt sie dem Wellensittich zu.

»Jaja, Pipi. Des hab ich mir ja gleich 'dacht.«

Sie wirft noch einen vorsichtigen Blick in den Garten, bevor sie die Tür schließt.

Nicht einmal eine Stunde später ist Frau Komarek bereits im Sicherheitsbüro. Sie geht einen Gang im Erdgeschoss entlang, bleibt schließlich vor der Tür des Dezernatleiters stehen. Auf dem Türschild überprüft sie nochmals Pilchs Namen: Heribert Pilch, Leiter des Morddezernats, Oberstleutnant. Dann klopft sie und lauscht mit angelegtem Ohr an der Tür. Nichts ist zu hören. Sie klopft noch einmal und lauscht. Keine Reaktion. Kurz entschlossen betritt Frau Komarek das Büro.

»Niemand da?«

Pilch ist tatsächlich nicht im Zimmer. Frau Komarek mustert die Spraydosen, die sauber angeordneten Fliegenklappen, die Fliegenstreifen, die Modelle, dann schüttelt sie den Kopf.

»Pfui. Grauslich.«

Sie sieht sich nach einer Sitzgelegenheit um und wählt schließlich einen Lehnstuhl, der etwas abseits vom Schreibtisch direkt an der Wand steht. Frau Komarek inspiziert noch einmal den Raum und seine Ausstattung, und tippt sich dann mit dem rechten Zeigefinger zweimal an die Stirn.

»Großwildjäger«, spottet sie.

Dann nimmt Frau Komarek ein Taschenbuch, setzt ihre Brille auf und beginnt zu lesen. Kurz darauf betritt Pilch, sichtlich gut gelaunt, pfeifend sein Büro. Der Dezernatsleiter trägt einen riesigen Pokal, den er auf seinem Schreibtisch abstellt. Er bemerkt Frau Komarek nicht, nimmt Haltung an und beginnt nach einem Räuspern zu sprechen. Während seiner Rede marschiert er im Zimmer auf und ab.

»Liebe Mitarbeiter. Wie die letzte Statistik beweist, sind wir wieder das erfolgreichste Dezernat. Die letzten zehn Morde wurden umgehend und komplikationslos gelöst. Ruck, zuck, wie unser Kollege Kottan so treffend sagt. Vom Präsidium bin ich eigens belobigt worden. Ich gebe dieses Lob gerne weiter.«

Frau Komarek applaudiert.

»Des haben S' schön g'sagt.«

Pilch, in Gedanken ganz bei seinem Auftritt, nickt Frau Komarek zu.

»Danke. Ich bin noch nicht fertig ... Ohne die Arbeit der einzelnen Kollegen unterschätzen zu wollen, kann ich doch sagen, dass meine umsichtige Aufbauarbeit schließlich Früchte...«

Er macht zwei Schritte vom Schreibtisch weg und wendet sich von Frau Komarek ab. Plötzlich springt Pilch hoch und dreht sich um sich selbst. Mit dem Stiel einer Fliegenklappe deutet er auf seinen unerwarteten Gast.

»Was machen Sie da?«

Frau Komarek wedelt mit dem Brief.

»Ich hab einen zweiten Brief 'kriegt.«

»Aha«, entgegnet Pilch.

Sofort setzt er sich an den Tisch, nimmt den Telefonhörer in die Hand und wählt eine kurze Nummer.

»Den Kollegen Kottan. Was heißt, er is' net da? Der hat da zu sein!«

Pilch knallt wütend den Telefonhörer auf die Gabel und lächelt dann Frau Komarek an.

Major Kottan und sein Assistent kehren vom Gasthaus Fuhrmann wieder ins Sicherheitsbüro zurück. Als sie das Büro betreten, sticht ihnen sofort Pilch ins Auge, der auf Kottans Platz thront. Frau Komarek sitzt ebenfalls am Schreibtisch. Der Major schließt die Tür ziemlich unsanft, aus dem Setzkasten fallen einige Buchstaben auf den Boden.

»Des waren jetzt aber Sie«, stellt Schrammel in vorwurfsvollem Tonfall fest.

Auch Pilch überschüttet den Major mit einem Vorwurf.

»Sie sind nie im Haus, wenn man sie dringend braucht, Kottan!«

Kottan deutet auf Frau Komarek.

»Aber ich war doch eh in dieser Angelegenheit unterwegs.«

»Am falschen Platz!«, schimpft Pilch.

Kottan zieht ein gelangweiltes Gesicht.

»Was is' denn los?«

»Ich soll ausziehen«, erklärt Frau Komarek mit weinerlicher Stimme.

Pilch hält den zweiten Drohbrief hoch und liest den Text vor.

»Sie Aas! Das ist Ihre letzte Chance. Entweder Sie ziehen aus oder der Todesschuss wird unvermeidlich. Ich habe Sie im Visier.« Dann wendet sich der Dezernatsleiter an Kottan: »Na, Kottan, ist das immer noch ein Lausbubenstreich?«

Kottan hat sich auf Schremsers Platz gesetzt, schüttelt den Kopf.

»Na, ich glaub net.«

»Was gedenken S' zu tun?«, drängt Pilch mit lauter Stimme.

»Ich denk nach.«

»Dann denken S' schneller nach!«, fordert Pilch ungeduldig.

Kottan dreht sich zu Frau Komarek.

»Wie groß is' Ihre Angst, Frau Komarek? Wollen S' bei uns bleiben?«

Sie überlegt kurz.

»Schutzhaft sozusagen? Na.«

»Wir können Ihnen auch einen unauffälligen Herrn wie den Kollegen Schrammel vor die Tür stellen«, bietet Kottan eine weitere Möglichkeit an.

Frau Komarek betrachtet Schrammel missbilligend und fällt dann eine Entscheidung.

»Sehr unauffällig. Na, ich fahr mit der Straßenbahn heim.«

Pilch protestiert.

»Dazu gebe ich niemals meine Zustimmung.«

Frau Komarek hebt nur die Schultern.

»Sie fragt ja niemand.«

Frau Komarek ist tatsächlich ohne Begleitung in die Siedlung gefahren. Von der Straßenbahnhaltestelle marschiert sie durch die Siedlung auf ihr Haus zu. Hinter einem Baum, für Frau Komarek nicht sichtbar, steht Perlak. Er spricht sie überraschend an.

»Frau Komarek?«

Sie dreht sich verstört um.

»Was anderes wie mich erschrecken fallt Ihnen wohl net ein?«

»Des war wirklich net meine Absicht«, beteuert Perlak heuchlerisch.

»Wär' ja net das erste Mal.«

»Haben S' wieder ein Brieferl 'kriegt?«, will er wissen.

Frau Komarek ist erstaunt.

»Sie wissen davon?«

Perlak nickt mit großer Selbstverständlichkeit.

»Ja, freilich, von der Polizei. Da waren S' doch grad, oder?«

Frau Komarek macht sich wieder auf den Weg.

Perlak hat noch eine Überraschung für sie.

»Übrigens ... noch was. Haben S' schon g'sehen? Der Henker war da.«

Frau Komarek blickt verständnislos, hat offenbar keine Ahnung, wovon Perlak spricht.

»Was heißt des?«

»Na machen S' die Augen auf«, empfiehlt Perlak und deutet auf Frau Komareks Gartenzwerge.

Drei kopflose Gartenzwerge stehen vor dem Haus, ihre Köpfe sind nirgends zu sehen. Frau Komarek ist entsetzt.

»Jessas! Meine Buben«, ruft sie und eilt zu den Resten der Gartenzwerge. Sie streichelt die Schnittflächen, schaut dann Perlak verächtlich an: »Ein ganz ein mieser Mensch sind Sie.«

Perlak grinst.

»Aber! Ich vergreif mich doch net an Ihren Enkeln, Frau Komarek.«

Sie dreht sich um und geht zur Haustür. Perlak entdeckt einen Papierbecher und eine zerfetzte Zeitung auf seinem Grund. Er wirft die Zeitung und den Becher über den Zaun in den Garten von Frau Komarek, kaum dass die Eingangstür hinter ihr zugefallen ist.

Als Frau Komarek ihr Häuschen betritt, fällt ihr sofort das ungewöhnlich laute Gezwitscher ihres Wellensittichs auf. Besorgt geht sie zum Käfig.

»Warum bist denn so aufgeregt, Pipi?«

Was sie nicht bemerkt, ist Reitmayer, der hinter ihr auf der Couch sitzt und ein Gewehr in der Hand hält.

»Grüß Gott, tritt ein, bring Glück herein«, begrüßt er sie.

Frau Komarek erschrickt und dreht sich schnell zu Reitmayer um.

»Hilfe!«

»Ich tät' net schreien. Das Gewehr hab ich mit. Also Platz.«

Als Frau Komarek zögert, wiederholt er seine Worte.

»Platz, hab ich g'sagt!«

Frau Komarek gehorcht und setzt sich zum Tisch.

»Wie sind Sie denn da hereingekommen?«, will sie wissen.

Reitmayer liebkost sein Gewehr und mustert sie sehr ernst.

»Des is' für Sie jetzt auf jeden Fall egal. Wir müssen ein ernstes Wort miteinander reden.«

Dann spannt er das Gewehr.

Kottan ist mittlerweile zu Hause eingetroffen. Im Wohnzimmer trifft er auf Gerhard Bösmüller, der in Unterhose, Hemd und

Socken auf der Couch sitzt. Frau Kottan balanciert auf der Lehne der Couch und beugt sich über Bösmüller.

»Na servas«, grüßt Kottan.

Seine Frau fährt hoch. Beide machen einen betretenen Eindruck.

»Dolferl! Wie kannst du mich so erschrecken?«, ruft Frau Kottan.

»Tag, Herr Kottan«, erwidert Bösmüller einfältig und richtet sich ebenfalls auf.

Kottan mustert seine Frau misstrauisch.

»Was machst denn da?«

Der verlegene Bösmüller antwortet für sie.

»Meine Hose hat einen Riss. Ihr' Frau is' so lieb und näht sie mir zusammen. Is' nur die Naht«, erklärt Bösmüller.

»Und jetzt hat er was im Aug g'habt«, ergänzt Frau Kottan und schließt einen offenen Knopf an ihrer Bluse. Sie hält ein Papiertaschentuch hoch.

Kottan kann den beiden nicht so recht Glauben schenken und legt die Stirn in Falten.

»Blind bin ich net. Ich hab da einen ganz anderen Eindruck.«

Frau Kottan lacht.

»Bist eifersüchtig, Dolferl?«

Kottan schaut Bösmüller an.

»Wo is' denn die Sissi?«

»Zur Kontrolle auf der Ambulanz«, erklärt Bösmüller und schlüpft schnell in seine Hose.

Kottan nickt.

»Ah so. Is' die Katz erst aus dem Haus ... am Abend is' er nie da, am Tag aber schon! Und dann in so einem Aufzug.«

Frau Kottan schüttelt verständnislos den Kopf.

»Du machst dich ja lächerlich.«

Kottans Stimme wird zum ersten Mal richtig laut.

»Na meinetwegen! Dann mach ich mich halt lächerlich!«, schreit er.

Bösmüller mischt sich abermals ein.

»Sie glauben doch net, dass wir ... sie könnt' ja meine Mutter sein«, entrüstet er sich und zeigt auf Kottans Frau, die zustimmend nickt.

»Bestenfalls deine Schwiegermutter«, verbessert Kottan.

Als seine Frau auf ihn zugeht, dreht sich Kottan schnell weg.

»Ich geh schon wieder. Lassts euch nur net stören.«

Kottan geht ins Vorzimmer und schließt die Tür lautstark von außen.

»Der spinnt«, stellt Frau Kottan fest und setzt sich wieder auf die Couch

Bösmüller macht einen verwirrten Eindruck.

»Was hat er überhaupt wollen?«

»Ich weiß net. Mich kontrollieren?«

Der Obdachlose Drballa spaziert mit seinem Hund an der Leine eine schmale Straße in der Schrebergartensiedlung entlang. Vor sich schiebt er einen altmodischen Kinderwagen mit der Aufschrift: Altwaren. Ein selbst gewählter Euphemismus für Müll und Abfall. Perlak beobachtet Drballa, der unentwegt mit seinem Hund spricht.

»Traurige Zeiten sind das, Tristan. Die Mistkübeln sind auch nimmer des, was sie früher waren. Die Leut' schmeißen nix mehr weg. Wie die Eichhörnchen sitzen s' auf ihrem Mist, tragen ihn höchstens auf den Flohmarkt. Wie soll man denn da existieren? Lauter Sandler!«

Drballa rüttelt an mehreren Gartentoren, um zu prüfen, ob sie abgesperrt sind. Zu seinem Ärger lässt sich keines öffnen. Erst beim Reitmayer-Haus hat er Glück. Zunächst untersucht er den Mistkübel der Familie Reitmayer, findet aber nichts, was ihn interessiert. Sein Blick fällt auf den kleinen Schuppen neben dem Häuschen. Die Tür zum Schuppen steht offen, auch die Gartentür. Drballa schaut sich vorsichtig um und schleicht zum Schuppen. Den Wagen und den daran angebundenen Hund lässt er zurück. Er sucht den Schuppen ab und entdeckt ein altes Fahrrad, Zeitschriften, zwei Kisten Erdäpfel, ein Regal mit Einmachgläsern, einen unbrauchbar gewordenen Durchlauferhitzer und ein offenes Fass. An der Bretterwand lehnt ein großer, voll gefüllter Jutesack. Drballa untersucht zuerst das Fass und wendet sich dann dem Sack zu. Bei der ersten Berührung fällt der Jutesack um, und die tote Frau Reitmayer kommt zum Vorschein. Drballa weicht zurück.

»Na! So was kann's doch gar net geben. Wieso immer bei mir?«

Fluchtartig verlässt er den Schuppen und läuft davon. Er dreht sich um, macht ein paar Schritte rückwärts und kracht mit dem Rücken gegen einen Lichtmast. Entschuldigend hebt er den Hut in die Höhe.

»Nix für ungut.«

Er läuft weiter, direkt zwei Polizisten der Funkstreife in die Arme.

»Was is'?«, fragt Drballa.

»Endstation«, antwortet einer der Polizisten und hält ihn fest.

Nur wenig später tummeln sich neugierige Nachbarn sowie die beiden Funkstreifenpolizisten und Drballa vor Reitmayers Schuppen. Auch Major Kottan und seine beiden Kollegen Schrammel und Schremser haben sich eingefunden. In der Hütte ist bereits die Ärztin am Werk, Beamte von der Spurensicherung haben ebenfalls die Arbeit aufgenommen. Die tote Frau Reitmayer und der Fundort werden gründlich fotografiert und untersucht. Bei der Gartentür diskutieren mehrere Nachbarn, unter ihnen natürlich auch Frau Komarek und Herr Perlak. Schrammel hält die Schaulustigen zurück. Schremser wendet sich an einen der Polizisten und deutet auf den unglücklichen Drballa.

»Des is' eh ein alter Bekannter von uns, der is' harmlos.«

»Der Herr Drballa«, ergänzt Kottan und fasst dann den Obdachlosen ins Auge: »Warum hast denn einen falschen Namen bei der Festnahme angegeben?«

Drballa hebt hilflos die Arme.

»Wann ich aufgeregt bin, kenn ich mich oft selber nimmer.«

»Getrunken hast auch was, gell«, stellt Kottan fest, dem der Alkoholgeruch nicht entgangen ist.

»Einen Korn. Den trink ich immer.«

Schremser nickt.

»Ein leichter Rausch. Delirium Clemens, wie der Lateiner sagt.«

Drballa zeigt auf die Gartentür und dann auf den Schuppen.

»Es war alles offen da. Deswegen bin ich auch da her. Bei die Mistkübel is' ja nimmer viel los g'wesen. Ich geb des G'schäft auf.« Er wendet sich an Schremser: »Haben S' eine Zigaretten für mich?«

»Nichtraucher. Leider.«

Kottan betritt den Schuppen. Die Ärztin und die Beamten vom Erkennungsdienst untersuchen noch immer die Leiche bzw. den Fundort. Die Ärztin richtet sich auf, kommt auf Kottan zu.

»Grüß' Sie.«

»Habe die Ehre. Können S' mir schon was flüstern, Frau Doktor?«

»Eigentlich noch net allzu viel. Die Tote is' auf jeden Fall g'würgt worden, des is' klar. Eine Kopfverletzung hat s' aber auch. An was sie wirklich g'storben is', kann ich noch net sagen.«

»Und?«

»12 Stunden is' sie bestimmt schon tot«, ergänzt sie ihren Kurzbericht.

Kottan überlegt kurz.

»Das heißt, es muss also schon letzte Nacht passiert sein?«

»Ja.«

»Kann sie auch vor acht Uhr abends schon tot g'wesen sein?«

Die Ärztin will sich noch nicht endgültig festlegen.

»Kann ich noch nicht sagen. Möglich is' es«, erklärt sie.

Kottan nickt.

»Danke.«

Schremser kümmert sich inzwischen außerhalb des Gartens zusammen mit Schrammel um die Nachbarn und die neugierigen Passanten.

»Des is' die Frau Reitmayer, net wahr?«, erkundigt sich Frau Komarek.

»Ja«, bestätigt Schremser.

»Is' s' tot?«, will Perlak wissen.

»Ja«, bestätigt Schremser.

Frau Komarek überlegt.

»Gegen mich waren die sich immer einig ... die zwei, obwohl sie miteinander schon auch manchmal g'stritten haben.«

Perlak zeigt sich überrascht.

»Was Sie alles wissen.«

»Des hab ich g'hört. Oft und oft.«

»Haben Sie die Funkstreife alarmiert?«, fragt Schremser Frau Komarek.

»Na.«

»Na, des war ich«, meldet sich Perlak. »Ich hab den Sandler schon g'sehen, wie er auf den Schuppen zu'gangen is'.«

Jetzt nähert sich Kottan der Gruppe und wendet sich sofort an Schremser.

»Da bin ich fertig.«

»Und der Reitmayer?«, forscht Schremser.

»Den holen wir uns persönlich. Horchst du dich noch ein bissel um?«

Schremser nickt, Schrammel und Kottan machen sich auf den Weg zum Auto, das der Major wieder auf der Anhöhe neben der Siedlung geparkt hat.

Frau Komarek hat noch nicht ihr gesamtes Wissen an den Mann gebracht.

»Ich weiß auch, warum die zwei immer g'stritten haben«, deutet sie an.

Schremser schaut sie fragend an.

»Na?«

»Weil sie einen Freund g'habt hat, die Frau Reitmayer. Deswegen.«

Perlak meldet Zweifel an.

»Einen Liebhaber? Gehen S', hören S' auf. Wen denn?«, will er wissen.

Frau Komarek fixiert Perlak so lange, bis sich dieser umdreht und fluchtartig verschwindet.

Schrammel und Kottan kommen auf dem Weg zum Auto am Laden Vybirals vorbei. Vybiral pfeift einen Trauermarsch und nagelt Schleifen mit Beileidsbekundungen auf eine Holztafel. Ein paar Trauerkränze hängen bereits zum Verkauf an der Außenwand seines Ladens. Kottan nickt anerkennend.

»Tüchtig, tüchtig.«

Vybiral unterbricht kurz seine Arbeit.

»Eh klar.«

Kottan und Schrammel marschieren den Hügel hinauf zum Auto. Dort angekommen, stellt Kottan zunächst zufrieden fest, dass alle vier Reifen noch am Wagen montiert sind. Schrammel umkreist das Auto, öffnet die Beifahrertür und macht eine unerfreuliche Feststellung: offenbar hat jemand in ihrer Abwesenheit die ganze Inneneinrichtung des Autos gestohlen. Schrammel zieht ein dummes Gesicht.

»Da is' ja alles aus'baut!«

Kottan überprüft das Wageninnere und kommt zum gleichen Ergebnis. Er wirft die Tür wieder zu und entfernt sich wortlos ein paar Schritte, dreht sich dann um und verharrt regungslos.

Sobald als möglich fahren der Major und sein Assistent mit einem Ersatzwagen zum Gasthaus Fuhrmann. Die beiden jungen Männer, die Kottan vor dem Lokal aufgelauert haben, lehnen immer noch mit erhobenen Knüppeln links und rechts vor der Eingangstür, sind aber mittlerweile eingeschlafen. Kottan und Schrammel stehen vor dem Eingang. Schrammel macht ein erstauntes Gesicht.

»Was soll des sein?«

»Die Schweizer Garde.«

Schrammel geht vor. Kottan pfeift laut und eilt dann ins Wirtshaus. Die beiden Männer wachen auf, blinzeln sich gegenseitig an. Einer der Männer öffnet rasch die Tür und lugt durch den Spalt in die Gaststube. Zu seiner großen Erleichterung entdeckt er Kottan in der Stube.

»Alles in Ordnung. Er is' noch drinnen«, versichert er seinem Gegenüber.

Das Lokal ist immer noch ziemlich leer. Der Wirt kommt den beiden Beamten entgegen.

»Ah, schon wieder Sie? Naja, der Stammtisch wär' noch frei.«

Schrammel geht wortlos weiter zur Küchentür, schaut in die Küche.

»Wo is der Reitmayer?«, will Kottan wissen.

»Net da«, behauptet der Wirt.

Schrammel kommt zurück und bestätigt die Aussage.

»Der is' wirklich net da.«

Er wirft sicherheitshalber auch noch einen kurzen Blick durch die Hintertür, kann aber niemanden entdecken.

»Der kommt heut überhaupt nimmer«, erklärt der Wirt. »Er hat sich für den ganzen Tag frei g'nommen, gleich nachdem Sie in der Früh da waren. Is' er net z'haus?«

Kottan schüttelt den Kopf.

»Na.«

Der Wirt lacht dümmlich.

»Er geht gern fischen. Beim Wienfluss.«

Schrammel schaut Kottan an.

»Na, da wird er jetzt bestimmt net sein. Wir geben g'scheiter gleich die Fahndung raus.«

»Wieso Fahndung?«, fragt der Wirt erstaunt und starrt die Beamten an.

Kottan hebt den Zeigefinger.

»Neugierige Leut' sterben bald.«

»Wieso sterben?«

Kottan und Schrammel antworten nicht und gehen Richtung Tür. Kottan springt mit einem Satz über die Schwelle. Die beiden wartenden Männer schlagen zu, treffen sich nur gegenseitig am Kopf. Gleichzeitig sinken sie zu Boden. Der eine ist schnell wieder auf den Beinen, nimmt den Knüppel, holt zum Schlag gegen Schrammel aus. Der duckt sich. Der Prügel saust auf den Wirt nieder, der hinter Schrammel aus dem Lokal getreten ist. Er geht zu Boden, krümmt sich auf dem Gehsteig und jammert.

»Ich bin doch der Falsche!«

»Entschuldigung«, bedauert der Schläger.

»Jetzt reicht's mir aber.«

Er lässt den Knüppel fallen und geht mit den Fäusten auf Kottan los. Der Major nimmt von einem Lkw einen 5-Liter-Kanister aus Metall, wehrt die drohenden Faustschläge damit ab. Beim fünften Schlag segelt der Kanister durch die Luft, trifft den zweiten Angreifer am Kopf, gerade als sich dieser erheben wollte. Im Fallen klammert er sich an dem neben ihm stehenden Schrammel fest und reißt zwei Streifen aus dessen Anzug heraus. Sein Kollege hat das Missgeschick beobachtet und greift jetzt noch einmal Kottan an. Der Beamte katapultiert ihn hoch in die Luft und wirft ihn auf einen Lkw, der soeben abfährt. Der Mann bleibt auf der Ladefläche liegen. Schrammel wartet ab, bis sein Angreifer wieder auf den Beinen ist, um ihm dann ebenfalls einen Streifen aus der Jacke zu reißen. Kottan stellt sich dem Mann wie bei einem Duell gegenüber. Zuerst entledigt sich der Major seiner Jacke, sein Kontrahent folgt diesem Beispiel. Beide legen ihre Anzüge ab. Zu guter Letzt steht der Mann nackt auf der Straße, Kottan hingegen trägt unter dem Anzug ein Superman-Kostüm. Das Duell ist entschieden.

Kottan fährt mit dem Polizeiwagen zum Wienfluss. Dort, wo der Fluss in den Donaukanal mündet, entdeckt er am Ufer Reitmayer, der in einem Campingsessel sitzt und fischt.

»Ich hab Sie schon kommen g'sehen, Herr Inspektor«, sagt Reitmayer, als sich Kottan nähert. »Hat die Alte also offenbar den Mund doch net halten können. Hab ich mir ja gleich 'dacht.«

Kottan versteht kein Wort.

»Was?«

»Hat die alte Komarek etwa net 'tratscht, dass ich am Vormittag bei ihr im Haus war? Mir hat des nämlich endgültig g'reicht, dass sie mich immer hineinreiten will.«

Kottan schüttelt den Kopf.

»Nix hat s' g'sagt.«

Reitmayer glaubt Kottan nicht.

»Ein bissel Angst wollt' ich ihr halt machen. Mehr nicht.«

Kottan beschäftigen andere Probleme. Er überlegt kurz, deutet dann auf die Angel.

»Und, erwischen S' auch was?«

Reitmayer nickt.

»Bestimmt. Kommt nur drauf an, ob es ein Niederösterreichischer Fisch oder Wiener Fisch is. I' ess nur die Niederösterreichischen.«

»Und an was merken S' des, ob einer ein Wiener Fisch is'?«

»Des is' ganz einfach. Die Wiener, die haben immer des Maul offen.«

Kottan beendet das Geplänkel und kommt zum wesentlichen Teil des Gesprächs.

»Ich bin mir noch net sicher, ob Sie ein großer oder ein kleiner Fisch sind, Herr Reitmayer. Wo is' eigentlich Ihre Frau?«

Reitmayer wundert sich über diese Frage.

»Wieso wissen S', dass sie weg is'?«

»Sie wissen S' ja auch.«

»Sie war gestern schon weg, wie ich aus dem Wirtshaus, von der Arbeit, z'ruck'kommen bin«, behauptet Reitmayer.

»Was haben S' dann g'macht?«

»Nix. Es war spät. Schlafen bin ich 'gangen. Die Ingrid is' öfter weg ... für ein paar Tag'. Deswegen lass ich mir keine grauen Haare wachsen. Bis jetzt is' immer noch z'ruck'kommen.«

»Dieses Mal kommt s' nimmer«, versichert Kottan mit ernster Miene.

»Wieso net?«

»Sie is' tot.«

Reitmayer schenkt den Worten Kottans keinen Glauben.

»Aber Blödsinn.«

»Kommen S' mit«, befiehlt Kottan und packt Reitmayer an der Schulter.

Die Ärztin hat die Untersuchung der Leiche abgeschlossen. Die tote Frau Reitmayer liegt zugedeckt auf einer Bahre. Schremser erkundigt sich auf dem Gang nach dem Ergebnis der Untersuchung.

»Und, sind S' jetzt sicher?«

»Ja. An den Kopfverletzungen is' g'storben. Höchstwahrscheinlich gestern zwischen 19 und 22 Uhr«, erklärt die Ärztin, die sich eine Zigarette anzündet.

»Eine mögliche Mordwaffe haben wir aber net g'funden. Auch im Haus net.«

»Muss gar kein Mord g'wesen sein.«

Schremser nickt.

»Mhm.«

»Ein Sturz vielleicht«, stellt die Ärztin eine Möglichkeit in den Raum. »Schauen S', die Tote hat etliche blaue Flecken.«

»Vom Sturz?«, vermutet Schremser.

»Na. Die Flecken sind alle älter.«

»Und die Würgespuren?«

»Die sind auf jeden Fall von gestern«, ist sich die Ärztin sicher.

»Danke. Wiederschauen.«

Schremser klettert wieder die Kellerstiegen, die vom Sezierraum nach oben führen, hinauf.

Wenig später, in Kottans Büro, ist die Vernehmung des festgenommenen Reitmayer in vollem Gange.

»Die Komarek hat die Auseinandersetzungen zwischen Ihnen und Ihrer Frau auch g'sehen und g'hört. Wiederholt«, hält Schremser fest.

Reitmayer schaut verächtlich.

»Die alte Krot, die.«

Kottan verliert die Geduld. Er hat keine Lust sich länger mit diesen kleinlichen Streitereien unter Nachbarn auseinander zu setzen.

»Also?«

Reitmayer leugnet die Auseinandersetzungen mit seiner Gattin nicht.

»Jaja. Ich geb zu, ich hab meine Frau hin und wieder verprügelt. Und?«

»Warum?«, will Kottan wissen.

»Glauben S' vielleicht, dass des Ihr gutes Recht is'?«, fragt Schremser.

Reitmayer zuckt zuerst nur mit den Schultern, dann nickt er.

»Naja, manchmal hat s' halt einfach nix anderes verstanden.«

Kottan geht das alles viel zu langsam.

»Warum wirklich? Red schon!«

»Wir wissen doch eh genau, was los war«, wirft Schremser forsch ein.

»Ja?«

»Na, fürs Herz hat sie sich was Besseres g'funden, Ihre Frau«, versucht er Reitmayer aus der Reserve zu locken.

Reitmayer fährt aus dem Sessel hoch, wird aber von Schremsers Krücke zurückgeschubst.

»Stimmt's vielleicht net?«, will Kottan wissen.

Reitmayer resigniert.

»Ja, sie hat einen Freund g'habt.«

Schremser reimt sich den Rest der Geschichte zusammen.

»Und Sie haben wollen, dass sie ihn aufgibt. Des hat sie aber abg'lehnt und deswegen haben Sie dann in Ihrer Eifersucht...«

Reitmayer fuchtelt abwehrend mit beiden Händen in der Luft.

»Na, na!«

»Sie haben kein Alibi für die Zeit von sieben bis halb neun, gestern«, stellt Kottan fest.

»Des haben viele net.«

»Is' aber Ihre Frau.«

Reitmayer versucht es mit einer Ausrede.

»Ich hab ein Malheur g'habt mit mein' Auto.«

Schremser pariert zynisch.

»Und der Herr Mechaniker hat sich alles selber g'macht. Der braucht keine Hilfe.«

»Na, na«, stottert Reitmayer.

Kottan kommt wieder auf den Ausgangspunkt der Ermittlungen zurück.

»Und was is' des jetzt für eine G'schicht mit den Drohbriefen an die Frau Komarek?«

Reitmayer schüttelt entschieden den Kopf, wird etwas lauter.

»Die sind net von mir! Ich hab ihr nur...«

»...die Fenster eing'schossen«, beendet Kottan den Satz.

»Ja«, gesteht Reitmayer freimütig. »Ich hab mir 'dacht, wann sie eh schon in Panik is', leg ich noch ein Schäuferl nach. Wir haben mit der Alten seit Jahren nix wie Schwierigkeiten. Mein Radioprogramm hat ihr auch net g'fallen.«

»Wie heißt der Freund ihrer Gattin? Und wo wohnt er?«, erkundigt sich Schremser.

Reitmayer hebt die Arme in völliger Ahnungslosigkeit.

»Ich weiß net. Mit dem Vornamen heißt er Herbert. Kann ich jetzt gehen?«

Er will aufstehen, Schremser drückt ihn abermals zurück in den Sessel.

»Bleiben S' noch ein bissel sitzen.«

»Von mir aus. Wann S' so höflich bitten. Gerne.«

Kottan und Schrammel sind noch einmal in die Schrebergartensiedlung gefahren. Als sie beim Kaufhof Vybiral mit dem Polizei-VW stehen bleiben, klappt der Besitzer schnell das Schild nach unten. Die beiden Kriminalbeamten steigen aus, gehen zum

Verkaufswagen. Vybiral hat sich im Wagen eingeschlossen. Kottan klopft an die Tür.

»Machen S' auf, Herr Vybiral. Wir sind eh net von der Wirtschaftspolizei.«

Vybiral verlässt langsam seinen Laden durch eine Seitentür. Schrammel mustert währenddessen interessiert den Fotoautomat, entschließt sich die Fotokabine zu betreten und zieht den Vorhang hinter sich zu.

»Wollen S' leicht was kaufen? Ich kann alles beschaffen«, hofft Vybiral.

»Na.« Kottan schaut sich um. »Ihre Position da is' ausgezeichnet ... strategisch.«

»Ich war schon beim Bundesheer.«

»Haben S' niemand' beim Reitmayer sein' Haus beobachtet, gestern?«

»In der Nacht? Na, ich halt mich ja an die Ladenschlusszeiten.«

Kottan nickt anerkennend.

»Brav«, lobt er und steckt Vybiral mit einem bedeutsamen Blick einen größeren Geldschein in die Hemdtasche. »Wirklich niemand?«

Vybiral schüttelt den Kopf.

»Na. Ich hab ja auch schon Ihren Beamten g'sagt, dass ich nix g'sehen hab und nix weiß.«

»Und wer da gegen die Frau Komarek vorgeht, des wissen S' auch net?«

Vybiral hebt bedauernd die Schultern.

»Leider.«

»Ja, leider«, ahmt ihn Kottan nach und nimmt den Geldschein wieder aus Vybirals Hemdtasche.

Bei Schrammel im Fotostudio blitzt es jetzt viermal hintereinander, ein Schrei dringt aus der Kabine.

»Ah!«

Schrammel taumelt mit flackernden Augen geblendet aus der Kabine. Die vier Passfotos zeigen Schrammel in verschiedenen Posen, mit geschlossenen Augen und hochgerissenen Händen, die er schützend auf das Gesicht presst.

Kottan verbringt den Abend in seinem Wohnzimmer. Sissi und Bösmüller spielen auf einem kleinen Tischchen Halma. Kottan und seine Frau sitzen beim Esstisch und essen eine Schwammerlsuppe. Am Bildschirm des Fernsehapparats ist eine Reklame für eine Pilzsuppe zu sehen, die mit Jagdhornmusik beginnt. Dann tritt ein Jäger auf, der das Produkt anpreist.

»Halali-Frischpilzsuppe, die Spezial-Jägersuppe aus dem Hause Sterzing.« Der Jäger nimmt sein Gewehr und seinen Rucksack ab und macht es sich an einem Tisch gemütlich. Vor ihm steht ein Teller Suppe. »Da freut sich der müde Weidmann.« Er nimmt den Löffel in die Hand. »Die frische, belebende Halali-Frischpilzsuppe.« Der Jäger führt einen vollen Löffel zum Mund und schluckt. Im gleichen Augenblick löffeln auch Kottan und seine Frau die Suppe aus ihren Tellern. Der Jäger plaudert weiter, nimmt zwischen jedem Wort einen weiteren Löffel Suppe zu sich. Seine Stimme wird immer langsamer, er beginnt zu stottern. Augenscheinlich bekommt ihm die Suppe nicht. Mit letzter Kraft spricht und isst er weiter. »Bekömmlich ... erfrischend ... belebend.« Sein Atem wird immer schwerer, er spricht immer undeutlicher. »Auch für den harten Gaumen.« Der Jäger schwitzt, wischt sich über die Stirn. »Von Schwammerlexperten aus unserer Heimat zusammengestellt ... wachsend ... in heimischer ... Mooserde ... auch die Hausfrau weiß ... was Halali verspricht.« Er nimmt den Hut ab und steht schwankend auf. »Halali bringt den Wald ins Haus ... Halali ... die Frischpilzsuppe.« Dann fällt er nach vorn quer über den Tisch, kaum kann er sich mit den Händen über dem Suppenteller halten. »Halali ... zum Sterben gut ... Halali ... hallo ... Hallelujah.« Im nächsten Moment fällt sein Kopf in den halbvollen Suppenteller, der Jäger rührt sich nicht mehr.

Kottan und seine Frau starren einander fassungslos an. Die TV-Reklame veranlasst Kottan, den Teller mit der Pilzsuppe, die Frau Kottan gekocht hat, zur Tischmitte zu schieben. Er beginnt vom Mord an Frau Reitmayer zu erzählen.

»Im Büro haben wir momentan einen Fall, da hat einer - wahrscheinlich oder vielleicht – offenbar seine Frau um'bracht.«

Frau Kottan verschluckt sich an der Pilzsuppe, hustet zweimal.

»Aus Eifersucht?«, erkundigt sie sich neugierig und leicht nervös.

Kottan nickt nachdenklich.

»Mhm.«

Seine Frau schüttelt den Kopf und wechselt dann schlagartig in einen vorwurfsvollen Ton.

»Du hast dich heut Vormittag ja auch benommen wie ein Esel.«

»Ich weiß.«

Mit einem Mal wird sie unsicher, ihre Stimme leiser.

»Würdest du mich umbringen, wann ich...?«

Bösmüller wirft zuerst Frau Kottan und dann dem Major einen unsicheren Blick zu.

»Is' ja verboten«, bleibt Kottan betont sachlich, dann lächelt er.

Sissi zupft Bösmüller, der immer noch wie gebannt zum Esstisch blickt, am Pulloverärmel.

»Spielst nimmer?«

Bösmüller nimmt abwesend ein Steinchen in die Hand.

»Schach«, murmelt er.

»Was?«

Frau Kottan schiebt jetzt ebenfalls ihren halbvollen Teller weg und schaut ihrem Mann direkt in die Augen.

»Ich reg mich ja auch net auf, wann du mit einer Kollegin zum Essen gehst.«

»Aber des is' doch ganz was anderes«, wehrt Kottan ab.

Seine Frau lässt das nicht gelten.

»Sagst du.«

Kottan wiederholt sich.

»Des is' was anderes. Weil das is' ja dienstlich«, beharrt er

Frau Kottan wird lauter.

»Da lachen ja die Hühner!« Sie lacht. »Ich möcht' net wissen, was du bei so einer Gelegenheit daherredest. Gockel! Wir wechseln besser das Thema, ich muss mich sonst so aufregen.«

Kottan hat gegen diesen Vorschlag nichts einzuwenden.

»In Ordnung. Wo is' denn eigentlich unser Herr Sohn heut?«

»Bei seiner Freundin, der Gerda«, antwortet Frau Kottan völlig ruhig.

»Des regt dich net auf?«, wundert sich Kottan.

Sie fuchtelt mit einer Hand.

»Na, wenigstens bin ich es net, die da Vorschub leistet.«

Plötzlich läutet es an der Tür, Kottan schaut seine Frau fragend an.

»Wartest du auf wen?«

Frau Kottan schüttelt den Kopf, äußert dann aber einen Verdacht.

»Na, aber ich kann mir schon gut denken, wer des wieder is'.«

Kottan steht auf und kommt - genau wie Frau Kottan erwartet hat - mit Frau Komarek zurück ins Wohnzimmer. Frau Kottan nickt.

»Eben.«

»Grüß Gott allerseits«, grüßt Frau Komarek lächelnd.

Frau Kottan lächelt nicht, sondern reagiert einigermaßen ungehalten angesichts des wiederholten, unangekündigten und unerwünschten abendlichen Besuches.

»Wann S' ganz bei uns bleiben wollen, wir haben ein Notbett im Badezimmer.«

Frau Komarek überhört die spitze Bemerkung. Sie setzt sich ohne zu fragen und beginnt zu erzählen.

»Ich hab was beobachtet. Der Freund, der da immer zur Frau Reitmayer 'kommen is', der Schwarzhaarige mit den Glutaugen, der war vor einer Stund' wieder da, in der Siedlung. Mit dem Auto is' er ein paar mal auf und ab g'fahren vor dem Haus von die Reitmayers. Ich bin mir ganz sicher, weil des Auto kenn ich ja. Ich hab mir die Autonummer aufg'schrieben.«

Sie nimmt einen gefalteten Zettel aus ihrer Tasche und hält ihn Kottan hin. Der nickt anerkennend über soviel detektivisches Talent.

»Bravo. Sie wären eine gute Polizistin. Ich werd die Nummer gleich durchgeben und lass feststellen, wem der Wagen g'hört.«

Frau Komarek blickt Kottan daraufhin stolz an und fordert:

»Was krieg ich als Belohnung?«

»Einen Wodka«, verspricht Kottan.

»Russisch?«

»Supermarkt.«

Er geht zum Schrank und holt ihr ein Glas und die noch volle Wodkaflasche. Frau Komarek hat inzwischen ihr Kopftuch abgenommen. Sie steht auf, geht hinüber zu Sissi und Bösmüller und lässt das Kopftuch absichtlich neben Sissi fallen.

»Heben S' mir des auf, bitte?«, ersucht sie Sissi.

Bösmüller schüttelt missbilligend den Kopf, Sissi hebt das Kopftuch auf. Frau Komarek beobachtet sie genau und stößt dann triumphierend hervor.

»Ein Bub wird's. Ganz sicher.«

»Wer?«, fragt Bösmüller und macht ein dummes Gesicht.

Frau Komarek deutet abwechselnd auf Sissi und ihren Verlobten und erläutert ihre Methode.

»Na, wer wohl? Ihr Kind. Wann man das Tuch auf der Kanten hochhebt, wird's ein Mädchen, wann man es in der Mitten nimmt ... ein Bub.«

Bösmüller hebt gleichgültig die Schultern.

»Wird's halt ein Bub.«

Kottan reicht ihr ein Glas von dem versprochenen Wodka. Frau Komarek bedankt sich. Sissi interessiert sich jetzt doch ein wenig für den Test mit dem Kopftuch.

»Und auf des is' Verlass?«

Frau Komarek leert ihr Wodkaglas in einem Zug, schüttelt sich.

»Brrr. Gut is' der.«

Sie fixiert Sissi mit den Augen, wippt mit dem Kopf von links nach rechts und antwortet dann auf ihre Frage.

»Naja. Meine Mutter hat immer g'sagt, was der Bäcker in' Ofen schiebt, des muss der Ofen ausbacken. Meine Mutter hat viel g'wusst, meistens sogar gereimt, für alles Mögliche: Kinder, Krankheiten, Wetter.«

Bösmüller sieht seine Chance gekommen. Rasch gibt er eine Probe seines eigenen Könnens und dichtet: »Steht die Kuh auf einem Bein, wird bald schlechtes Wetter sein.«

Frau Komarek schenkt dieser gereimten Weisheit Bösmüllers keine Aufmerksamkeit und hält Kottan mit einem erwartungsfrohen Lächeln das leere Glas hin.

3

Herbert Gollner gehört eine Karosseriespenglerei in Floridsdorf, wo er auch gebrauchte Autos zweifelhafter Herkunft verkauft. An der rechten Wange hat er seit vorgestern zwei deutlich sichtbare Kratzspuren. Er führt eben einem Interessenten seine Wagen vor und schlendert mit dem potenziellen Käufer durch die Autoreihen. Während Gollner in das Verkaufsgespräch vertieft ist, betreten im Hintergrund Kottan und Schremser das Gelände. Die von Frau Komarek notierte Autonummer hat sie direkt hierher zu Herbert Gollner geführt.

Gollner redet auf seinen Kunden ein, mehrere Autos hat er ihm schon, bisher vergeblich, vorgeführt. Er deutet auf ein weiteres Modell, das äußerlich einen recht guten Eindruck macht.

»Der da wär' natürlich auch eine gute Gelegenheit. Das ist mein momentanes Spitzenmodell. Neue Metallic-Lackierung, die Spiegel von innen verstellbar, elektrische Fensterheber.«

»Was is' denn das für ein Baujahr?«, will der Kunde wissen.

»1972. Wenig Kilometer, bester Zustand. Äußerst preiswert. Schonend behandelt vom früheren Besitzer, einem Apotheker.«

Der Kunde ist sich nicht sicher, er dreht seine Zigarette zwischen den Fingern.

»Ich weiß nicht, ich kann mich net so schnell entscheiden«, meint er und blickt sich noch einmal in alle Richtungen um, dann geht er zu einem anderen Wagen, der ganz in der Nähe steht. »Was is' mit dem? Der schaut doch noch ganz gut aus.«

»Aber mit dem sind Sie ja selber gekommen«, erwidert Gollner nüchtern.

Der Kunde ist höchst erfreut, beginnt zu grinsen.

»Ah so ... ja ... des is' die billigste Lösung. Wiederschauen.«

Er wirft seine Zigarette auf den Boden, steigt ein und fährt davon. Gollner sieht dem verschwindenden Auto konsterniert nach, dann entdeckt er Kottan und Schremser, die im Hintergrund das Ende des Verkaufsgesprächs abgewartet haben. Lächelnd geht er auf sie zu.

»Guten Tag. Was darf ich Ihnen zeigen, meine Herrschaften?«

Schremser schüttelt den Kopf.

»Danke, nix, wir zeigen Ihnen was, Herr Gollner«, erklärt er bedeutsam und nimmt seinen Polizeiausweis aus der Tasche.

Sofort wird Gollner nervös.

»Polizei?«

»Sie kennen doch die Ingrid Reitmayer?«, kommt Kottan gleich direkt zur Sache.

»Ja«, bestätigt er gelassen.

»Näher?«

Gollner antwortet nicht sofort, bleibt aber ruhig.

»Die is' tot ... das is' ja schon in der Zeitung g'standen.«

Schremsers Ton wird schärfer, um Gollner von Beginn an unter Druck zu setzen.

»Herr Gollner, wo waren Sie vorgestern zwischen 19 und 22 Uhr?«

»Da im G'schäft. Ich hab bis spät am Abend noch zu tun g'habt.«

Schremser (Walter Davy) und Kottan (Franz Buchrieser) finden die Kratzspuren von Gollner (Renzo Martini) passend zu seinem schwachen Alibi.

»Also haben Sie kein Alibi«, stellt Schremser zufrieden fest.

»Sie haben die Frau Reitmayer vorgestern überhaupt net g'sehen?«, forscht Kottan.

Gollner zögert kurz und beschließt dann, so weit als möglich bei der Wahrheit zu bleiben.

»Doch. Um sieben hab ich sie mit dem Auto abgeholt von ihrem Haus, wie ihr Mann in die Arbeit g'fahren is'. Um halb acht waren wir schon wieder retour und ich bin hierher gekommen.«

Schremser hebt misstrauisch die Augenbrauen und fixiert Gollner.

»So schnell geht das?«

»Wir haben nur was zu besprechen g'habt«, erklärt Gollner.

Mit dem Zeigefinger tippt Kottan Gollner jetzt gegen die verletzte Wange.

»Ja, da schau her, hübsch. Kratzen Sie sich gern, Herr Gollner?«

Kottan und Schremser haben den verdächtigen und alibilosen Gollner vorerst unbehelligt in Floridsdorf zurückgelassen und sind wieder ins Sicherheitsbüro zurück gefahren. Sie sitzen im Büro an ihren Schreibtischen. Pilch befindet sich ebenfalls im Raum und tigert im Zimmer verärgert hin und her, fast wie ein Löwe in einem zu engen Käfig.

»Na bravo, jetzt sind wir ja wieder einmal soweit! Ruck, zuck ... und schon haben wir gleich zwei Verdächtige. Wie immer.«

»Besser, als wenn wir gar keinen haben«, ist Kottans Meinung. Im Gegensatz zu Pilch steht er der Situation äußerst gelassen gegenüber.

Der Dezernatsleiter verlangt konkrete Ergebnisse, und diese möglichst schnell.

»Und wer is' es jetzt wirklich g'wesen?«, brüllt er.

Kottan zuckt der Form halber mit den Schultern. Er hat sich bereits für einen Tatverdächtigen entschieden, behält seine Meinung aber vorläufig noch für sich.

»Alibi haben s' beide keines. Beim Reitmayer hat die Hausdurchsuchung jedenfalls net das kleinste Verdachtsmoment ergeben. Bei dem Gollner is' auf jeden Fall was net ganz in Ordnung.«

»Wieso is' er dann noch net verhaftet?«, will Pilch wissen.

»Geduld.«

»Geduld! Des kann ich schon nimmer hören«, schimpft Pilch und geht in Richtung Tür.

Kottan hat sich rasch erhoben und die Eingangstür für Pilch geöffnet.

»Der Schrammel macht eh grad ein G'schäft mit dem Gollner«, gibt er dem Dezernatsleiter noch mit auf den Weg.

»Ein G'schäft?« Pilch ist erstaunt und mustert Kottan ungläubig.

Der Dezernatsleiter ist verwirrt, verlässt aber das Büro ohne weiter nachzufragen.

In der Tat hat Schrammel bei Gollner ein Auto, einen roten VW-Käfer, zu einem recht annehmbaren Preis erstanden. Er wartet im Fahrzeug auf den Verkäufer. Gollner kommt aus seiner Bürohütte und eilt zum Seitenfenster des Wagens. Er übergibt Schrammel die Papiere, lächelt ihm noch einmal freundlich zu.

»Mit dem Wagen werden S' sicher viel Freude haben. Die Überprüfungsplakette gilt wie gesagt bis zum nächsten April. Da is' der Typenschein und hier haben Sie die Zulassung. Die Schlüssel haben S' ja eh schon bekommen.«

Schrammel nickt.

»Ja.«

»Na dann. Gute Fahrt«, wünscht Gollner. Er ist ganz offensichtlich glücklicher über die Transaktion als sein Kunde.

»Danke, auf Wiederschauen«, verabschiedet sich Schrammel und startet den Wagen.

Gollner tritt einen Schritt zurück und verbeugt sich zum Abschied.

»Meine Verehrung.«

Schrammel fährt ab, Gollner bleibt auf dem Autoplatz zurück und schlendert wieder in sein Büro. Der Kriminalbeamte lenkt seine Neuanschaffung in Richtung Sicherheitsbüro. Er ist noch nicht lange unterwegs, da lockert sich plötzlich eine Radkappe und rollt an den Straßenrand. Nach und nach lösen sich einzelne

Schrauben, dann die anderen drei Radkappen, der Außenspiegel, ein Scheinwerfer, die Kotflügel, der Kofferraumdeckel und zu guter Letzt sogar die Tür auf der Fahrerseite. Schrammel erreicht mit Müh und Not den Hof des Sicherheitsbüros in einem Fahrzeug, das nur noch andeutungsweise einem Auto gleicht.

Sofort nach Schrammels Ankunft untersucht wie geplant ein Mechaniker die Überreste des erstandenen Wagens nach Mängeln und Ungereimtheiten. Schrammel und Kottan warten im Hof des Sicherheitsbüros das Ergebnis ab.

»Was soll ich noch überprüfen, wann nix mehr da is'?«, will der Mechaniker wissen.

»Schrott?«, lautet die Gegenfrage des Majors.

»Der reinste Schrott is' des. Bei der ersten größeren Bremsung liegt der Motor genauso auf der Straßen wie die anderen Teile. Durch die Bodenplatte können S' eh jetzt schon spucken.«

»Und was is' mit der Motornummer?«, erkundigt sich Kottan.

»Alles weggefeilt. Bestimmt is' der Wagen viel älter, als an'geben worden is'. Wahrscheinlich is', dass er sogar g'stohlen is'.«

Kottan nickt.

»Für eine Verhaftung wegen Betruges wird's ja reichen«, vermutet er.

Der Mechaniker stimmt zu.

»Garantiert.«

Kurze Zeit später sitzt Gollner im Sicherheitsbüro auf Kottans Sessel. Der Major lehnt lässig an einem Kasten, Schremser stützt sich auf eine seiner Krücken und eröffnet die Befragung.

»So, Herr Gollner! Fünf von ihre' Autos, die sie zum Verkauf ausg'stellt haben, sind gestohlen! Was sagen Sie da dazu?«

»Und die anderen Wagen sind ein bisserl herausgeputzt und mit g'fälschten Papieren ausgestattet worden«, ergänzt Kottan.

Gollner bleibt ruhig und antwortet gelassen.

»Es geht um Mord, hab ich geglaubt.«

»Auch«, bestätigt Kottan.

Schrammel betritt mit einem Blatt Papier das Zimmer, übergibt die Notiz Kottan und flüstert ihm ein paar Worte ins Ohr.

Gollner betrachtet die beiden Beamten misstrauisch. Kottans Miene erhellt sich langsam, er lächelt sogar kurz, um danach Gollner mit umso finsterer Miene ins Visier zu nehmen.

»Herr Gollner, Sie haben da wohl einiges zu erklären. Wir haben Fingerabdrücke von Ihnen auf der Türschnalle vom Haus der Familie Reitmayer g'funden. Und die Tote Ingrid Reitmayer hat unter den Fingernägeln Hautreste g'habt.« Kottan postiert sich neben Gollner und berührt dessen Kratzspuren mit dem Handrücken. »Die sind auch von Ihnen!«

Schremser mischt sich mit lauter Stimme in das Verhör ein und bemüht sich Gollner aus der Reserve zu locken

»Die Frau Reitmayer hat sich noch ein bisschen wehren können, bevor Sie...«

Gollner schüttelt energisch den Kopf und macht eine abwehrende Handbewegung.

»Des is' alles net wahr!«

»Sind das denn etwa keine Beweise?«, Schremser wird noch lauter.

Gollner ist zwar angeschlagen, kann sich aber noch auf den Beinen halten. Er beginnt zu plaudern.

»Es stimmt schon, sie hat mich wirklich gekratzt ... im Auto.«

»Warum?«, will Schremser wissen.

»Ich hab ihr an diesem Abend gesagt, dass es zwischen uns aus ist.«

»Warum?«, Kottan lässt nicht locker.

»Eine neue Freundin ... Sie verstehen?«, vertraulich wendet er sich an Kottan.

Der Major weicht einen Schritt zurück.

»Na, mich brauchen S' gar net so anschauen. Und was war dann?«

Gollner erzählt den Rest der Geschichte.

»Und da is' sie halt wütend g'worden und hat mich attackiert.«

»Und Sie haben sich net zu helfen g'wusst?«, vermutet Kottan.

»Ich hab sie dann am Hals erwischt«, gibt Gollner jetzt immerhin zu.

Schremser nickt wissend.

»Die Würgespuren.«

»Bravo«, meint Kottan.

Schremser hat noch eine andere Vermutung, die er gleich zur Sprache bringt.

»Wollt' net vielleicht sie mit Ihnen Schluss machen? Kann das sein?«

Gollner grinst überheblich, Schremsers Worte empfindet er anscheinend als eine Zumutung.

»Sie ... mit mir?«, zeigt er sich erstaunt über die bloße Vermutung.

Schremser setzt nach.

»Und die Fingerabdrücke? Beim Reitmayer-Haus in der Siedlung?«

Aber Gollner hat auch dafür eine Erklärung parat.

»Gegen zehn bin ich noch einmal zum Haus zurück, ich wollte noch einmal mit der Ingrid sprechen. Die Tür war offen. Die Ingrid hab ich dann im ganzen Haus gesucht, aber net g'funden.«

»Und dann?«, will Kottan wissen und beugt sich über den Verdächtigen.

»Hab ich halt die Haustür zug'macht beim Gehen. Und gestern am Abend war ich dann noch einmal dort und bin mit dem Wagen auf- und abg'fahren. Da war aber wieder alles finster.«

Kottan seufzt, wendet sich an Schrammel, der etwas abseits steht und während der ganzen Befragung geschwiegen hat.

»Bring ihn weg.«

Schrammel zieht Gollner am Arm hoch und schiebt ihn in Richtung Tür.

»Gemma.«

Schremser kann es nicht glauben.

»Du glaubst ihm des?«

Kottan überlegt, faltet die Hände, neigt den Kopf zur Seite.

»Der Kerl is' zwar widerlich...«

»Aber dir is' der Reitmayer als Eifersuchtsmörder lieber«, setzt Schremser fort. »Und? Was jetzt?«

»Wir stellen des Haus vom Reitmayer noch einmal gründlichst auf den Kopf. Wir müssen einfach was übersehen haben, anders kann es eigentlich nicht sein. Und der Garten, der muss ebenfalls unbedingt sorgfältig um'graben werden.«

Der Major und Reitmayer sitzen einander schweigend in Kottans Büro gegenüber. Sie warten auf das Ergebnis der neuerlichen Haus- und Gartendurchsuchung. Reitmayer streckt beide Hände mit den Handflächen nach unten vor den Körper. Kottan hat seine Hände mit der Handfläche nach oben unter die Hände von Reitmayer geschoben. Mit einer schnellen Bewegung versucht er Reitmayers Hände an der Oberseite zu klatschen. Schließlich beendet er das Spiel und zündet sich eine Zigarette an.

»Überhaupt net aufgeregt?«, erkundigt sich Kottan bei dem äußerst gefasst wirkenden Reitmayer.

Der schüttelt den Kopf.

»Na. Warum?«

»Sie sind sich offenbar sehr sicher, dass unsere Ermittlungen für Sie folgenlos bleiben werden.«

Reitmayer lehnt sich selbstbewusst zurück.

»Natürlich. Sie finden nix. Gar nix.«

Kottan ist da aufgrund seines unbestechlichen kriminalistischen Instinkts ganz anderer Meinung.

»Des glaub ich net.«

Im nächsten Moment läutet das Telefon, der Major hebt ab und meldet sich.

»Kottan.«

Reitmayer scheint ein wenig unsicher zu werden und lauscht aufmerksam Kottans Worten.

»Im Garten? Mhm. Und sonst? Ja.«

Kottan nickt enttäuscht, legt auf und dreht sich langsam zu seinem Verdächtigen um.

»Nix«, deutet er Reitmayer.

Reitmayer ist erleichtert, er lächelt jetzt sogar freundlich.

»Na, genau das hab ich Ihnen ja g'sagt, Herr Inspektor.«

Kottan ist ausgesprochen verärgert und verzichtet ausnahmsweise sogar auf die angebrachte Belehrung.

»Verschwind«, knurrt er nur.

Reitmayer steht langsam und zögernd auf, will es ganz genau wissen.

»Derf ich wirklich?«

»Was is'? Hast was mit deine' Löffeln?«, brummt Kottan und schaut demonstrativ in eine andere Richtung.

»Bin schon weg.«

Jetzt beeilt sich Reitmayer das Zimmer zu verlassen. Kottan bleibt sitzen, schüttelt den Kopf, reibt mit beiden Händen die Nase. Nur Sekunden nachdem Reitmayer das Zimmer verlassen hat, läutet das Telefon erneut. Kottan lässt sich Zeit, erst als es das fünfte Mal klingelt, nimmt er den Hörer ab.

»Kottan. Was? Na sehr fein. Ein Eisenrohr? Und eine zerschnittene Zeitung? Jetzt?«

Er schleudert den Hörer auf die Gabel und dreht sich zur Tür.

»Reitmayer!«, schreit er und springt auf.

Er eilt zur Tür, reißt sie auf und läuft den Gang entlang. Beim Stiegenhaus blickt er suchend nach unten und ruft nochmals Reitmayers Namen. Der Verdächtige ist bereits auf dem letzten Absatz angekommen. Als er seinen Namen hört, blickt er nach oben und läuft dann Richtung Ausgang.

Kottan springt die Stufen hinunter und schreit dem Flüchtenden vergeblich hinterher: »Reitmayer! Reitmayer! Bleib stehen! Aufhalten!«

In diesem Moment klettert Pilch langsam die Stufen nach oben, er hält seinen Pokal in den Händen und murmelt leise vor sich hin.

»Wie die letzte Statistik beweist, sind wir wieder das erfolgreichste Dezernat. Die letzten zehn Morde ... wurden umgehend und unkonventionell ... umgehend und komplikationslos, ja umgehend und komplikationslos gelöst...«

Kottan stürmt um die Ecke und schleudert den Dezernatsleiter zu Boden. Der Pokal zerbricht in zwei Hälften und rollt hinter Kottan, der ohne zu zögern weiter gelaufen ist, die Stiegen hinunter.

»Kottan!«, brüllt ihm Pilch hinterher.

Der Major lässt sich nicht aufhalten, er eilt weiter ohne sich auch nur einmal umzudrehen.

Reitmayer hat das Sicherheitsbüro verlassen, springt in sein rotes Auto und fährt mit quietschenden Reifen davon. Kottan springt in seinen Wagen, der – Stoßstange an Stoßstange – von zwei Polizei-Volkswagen zugeparkt ist. Mit Vollgas rammt er das Auto vor und hinter sich, verschafft sich so ausreichend Platz um auszuparken. Er stellt ein Blaulicht auf das Dach und nimmt die Verfolgung auf.

Kottans Auto befindet sich nur knapp hinter Reitmayers Wagen. Das Tempo ist sehr hoch. Reitmayer drückt auf einen Knopf, worauf sofort starker Qualm aus den beiden Auspuffröhren strömt. Kottan setzt einen Bergarbeiterhelm mit Lampe auf und bleibt weiter dicht hinter Reitmayers Auto.

Bei einer Tankstelle lenkt Reitmayer den Wagen in eine Waschstraße. Kottan folgt, steigt jedoch nicht aus, obwohl der Moment gekommen wäre den Flüchtigen zu erwischen.

Wenig später fährt Reitmayer mit seinem Wagen vorne wieder aus der Waschanlage. Das Auto ist jetzt weiß. Kottan folgt ihm.

Plötzlich hält Reitmayer seinen Wagen an und flüchtet zu Fuß weiter. Kottan hält ebenfalls an. Allerdings bremst er zu spät und fährt auf den Wagen Reitmayers auf. Der Major lässt sich nicht irritieren, sondern setzt die Verfolgung zu Fuß fort. Bei der Staatsoper verschwindet Reitmayer im Untergrund der Passage, dicht gefolgt von Kottan. Unten angekommen wählt Reitmayer eine der Rolltreppen, die nach oben führt, er und Kottan wühlen sich rücksichtslos durch die zahlreichen Passanten. Oben angekommen läuft Reitmayer die völlig freien Stufen neben der Rolltreppe wieder nach unten, während Kottan noch auf der Rolltreppe nach oben unterwegs und zwischen den Touristen eingeklemmt ist. Reitmayer nickt Kottan freundlich zu, als sie sich auf gleicher Höhe begegnen.

»Guten Tag, Herr Inspektor.«

»Inspektor gibt's kan«, schnauzt Kottan.

Reitmayer läuft in Richtung Restaurant davon. Kottan jagt ihn zweimal um das sich in der Mitte der Passage befindliche Lokal herum, bleibt dann stehen und wartet. Reitmayer kommt auf seinem erneuten Lauf um das Restaurant auf Kottan zu, allerdings bewegt er sich rückwärts, da er nach seinem Verfolger Ausschau hält. Kottan tippt ihm auf die Schulter. Reitmayer dreht sich um, keucht, gibt sich plötzlich überrascht.

»Ah, Sie sind des?«

»Wir haben ein Eisenrohr g'funden. War in Ihrem Garten vergraben«, klärt ihn Kottan auf.

»Des schiebt's ihr mir jetzt unter, weil ihr nimmer weiter wisst's! Ich hab nix eingraben!«, behauptet Reitmayer wütend.

Kottan bleibt gelassen.

»Und die Ausgabe der EZ, aus der einzelne Buchstaben in den Schlagzeilen fehlen ... in Ihrem Haus.«

»Genauso unterg'schoben!«

»Im Geheimfach?«, forscht Kottan.

Reitmayer schweigt.

Peter Patzak (im Bild links von der Kamera) bereitet die Szene in der U-Bahn Station Opernpassage vor. „Kottan verfolgt Reitmayer"

Kottan und Schremser sind zu einem letzten Besuch bei Frau Komarek in der Schrebergartensiedlung. Sie schenkt Kottan und sich selbst aus einer verzierten Karaffe ein Gläschen Likör ein, Schremser trinkt nicht.

»Na, endlich kann ich mich bei Ihnen revanchieren«, freut sie sich und reicht Kottan eines der beiden gefüllten Gläser.

Er nimmt den Likör und beäugt ihn skeptisch, dann schaut er die alte Frau an.

»Jetzt werden S' ja, nehm ich an, keine weiteren Drohbriefe mehr bekommen, Frau Komarek«, ist sich der Major sicher.

Sie macht eine abwehrende Handbewegung.

»Na, verschreien S' lieber nix«, warnt sie. Nach einer kurzen Pause setzt sie fort: »Und alles nur aus Eifersucht, sagen Sie?«

»Net unbedingt. Der Reitmayer wollt' vielleicht seine Frau schon lange loswerden.«

Frau Komarek schüttelt den Kopf.

»Warum hat der Depp dann die Mordwaffen und die Zeitung net verschwinden lassen?«

»Ich würd' sagen, die hat er wahrscheinlich Ihnen unterjubeln wollen, is' aber nicht mehr dazu gekommen«, vermutet Kottan.

Frau Komarek blinzelt ungläubig, hält das anscheinend für ausgesprochen unwahrscheinlich.

»Mir?«

»Naja, so hätt' er gleich zwei Fliegen auf einen Streich erledigt. Seine Frau und Sie.«

»Na, na. Ich glaub, Sie haben nur ein bisserl viel Phantasie.«

Kottan hebt sein Glas.

»Prost.«

Frau Komarek hält ihr Glas dagegen.

»Prost.«

Sie trinken beide, dann steht Kottan rasch auf und verlässt mit Schremser grußlos Frau Komareks Haus. In der Tür dreht er sich noch einmal kurz um und schenkt Frau Komarek einen letzten argwöhnischen Blick. Die beiden Beamten spazieren den Weg zu Kottans bevorzugtem Autoabstellplatz entlang. Ein letztes Mal kommen die Beamten bei Vybirals Laden vorbei, dem sie jedoch keine Beachtung schenken. Schremser wundert sich über Kottans nachdenkliche Miene.

»Hast du was?«, fragt er ihn.

Kottan bleibt stehen, starrt auf den Boden und streichelt sein Kinn.

»Manchmal kommt mir die Komarek direkt komisch oder sogar unheimlich vor. Also wann net alles derartig gegen den Reitmayer sprechen würd', tät' ich glauben, sie is's g'wesen.«

Schremser schüttelt energisch den Kopf, stempelt die Vermutung als reine Fiktion ab.

»Geh. In dem Alter? Wie denn?«

»Mit Wut oder Ärger.«

Schremser winkt kopfschüttelnd ab.

»Ah geh. Du hast ein bissel viel Phantasie, sonst nix. Überschlaf des noch einmal«, meint er.

Der Major nickt, bleibt aber geistesabwesend. Die beiden Beamten marschieren weiter. Als sie auf der Anhöhe ankommen, ist der Platz, auf dem Kottan das Auto geparkt hat, leer, lediglich eine kleine Ölpfütze und eine von ihr wegführende Spur ist zurückgeblieben. Kottan schaut sich hilflos um, wendet sich dann an Schremser.

»Wo is' des Auto?«

Schremser zuckt mit den Achseln.

»G'stohlen.«

Kottan seufzt. Dann marschieren die beiden Kriminalbeamten zu Fuß in den Sonnenuntergang.

Frau Komarek räumt in ihrem Zimmer die Likörflasche weg. Sie hat sich noch ein weiteres Stamperl gegönnt, nachdem die beiden Kriminalbeamten sie verlassen haben. Während sie im Haus umherwandert, spricht sie mit ihrem Wellensittich.

»Ja, hast des g'hört, Pipi, was er g'sagt hat, der Herr Inspektor? Zwei Fliegen auf einen Streich. Ja, da hat er ganz Recht, der Herr Kottan.«

Sie geht zu einer kleinen Kommode an der Wand, zieht eine Lade auf und schiebt Kopftücher, Blusen, Unterwäsche und Strümpfe beiseite. Darunter kommen die abgesägten Köpfe ihrer drei Gartenzwerge zum Vorschein, die sie liebevoll tätschelt.

»Ja, meine Buben.«

Neben den Köpfen liegen ein Notizbuch und eine zusammengefaltete Ausgabe der EZ. Sie nimmt die verdächtigen Gegenstände heraus und deponiert sie auf dem Tisch. Durch das Fenster beobachtet sie, wie ihr Nachbar Perlak, nachdem er sich vergewissert hat, dass niemand in der Nähe ist, eine ganze Schachtel altes Laub über den Zaun in ihr Gärtchen schüttet, dabei verliert er beinahe seine Perücke. Sie nickt lächelnd, setzt sich hin und schlägt das Notizbuch auf. Untereinander stehen da die Namen der benachbarten Siedlungsbewohner: Herr Reitmayer, Frau Reitmayer, Herr Perlak, Herr Vybiral, Frau Weninger, Herr Jellinek. Sie setzt die Brille auf, befeuchtet den Bleistift mit der Zunge und streicht sorgfältig die Namen Herr Reitmayer und Frau Reitmayer durch. Dann lugt sie über den Brillenrand in den Garten und wirft einen kurzen Blick auf Perlak. Sie lächelt siegessicher.

»Und der Perlak, der is' der Nächste. Der kommt auch noch dran.«

Dann nimmt sie die Zeitung und fängt an, mit einer kleinen Schere sorgfältig Buchstaben auszuschneiden, die sie anschließend auf weißes Briefpapier klebt. Aus der gleichen Zeitung hat sie offenbar auch schon die Buchstaben für ihren zweiten Brief ausgeschnitten.

»Was brauch ich jetzt?«, überlegt sie laut. »Ah ja, ein L ... L wie Luder.«

STIMMEN

Stimmen der Öffentlichkeit zu „Drohbriefe":

»Stellen Sie endlich diese Serie ein ... so eine Mafia ... Prim. Hofrat Dr. med. Rapf aus Vöcklabruck lässt sich das in Zukunft nicht mehr gefallen .... nicht einmal für den afrikanischen Busch geeignet ... Schweinerei um unser Geld ... dafür haben wir Bacher (ehem. ORF Generalintendant, Anm. d. Red.) nicht gebraucht ... Herr Qualtinger würde sich im Grab umdrehen ... jetzt wissen wir, warum die Vorarlberger nicht mehr bei Österreich bleiben wollen ... geistige Tiefgarage ... wir werden Anzeige erstatten ... schlagt's dem Intendanten mit dem Fliegenpracker eine über den Schädel ... Rumpelstilzchen für Große ... Frechheit...

...bitte noch viele Folgen ... bin begeistert ... die beste Produktion seit Jahren ... bitte sofort wiederholen ... hervorragend ... phantastisch... «

Auszug aus dem Telefonprotokoll des ORF-Kundendienstes, 1977.

NACHRUF

Entstehung und Heldentod von „*Kottan ermittelt*"

Kottan wurde 1975 mit einer Erzählung für eine Krimi-Anthologie für junge Autoren geboren. Aus der Geschichte wurde ein Hörspiel, dann ein Drehbuch für einen Fernsehfilm. Die Zusammenarbeit mit dem Regisseur Peter Patzak ergab sich zufällig. Aus der Reihe (ein Film im Jahr) wurde eine Serie.

Die Reaktionen, Ablehnung und Zustimmung, waren von Anfang an rigoros, laut, wütend, überschwänglich. Die heftige Ablehnung hat sich bis heute nicht verändert. (500 bis 1.500 Beschwerden werden bei jeder Sendung eingesammelt. Ein paar hundert Zustimmungen gibt es auch meistens. Zig-Millionen Projekte werden dagegen nur mit ca. 30 ausgewogenen Anrufen eher gelassen aufgenommen).

Stiller geworden sind mittlerweile nur Politiker und so genannte Sicherheitsexperten, die sich nicht ewig mit den gleichen Argumenten blamieren wollen.

Die meisten Angriffe wirken im Nachhinein lächerlich. Der Fortbestand der Reihe war trotzdem stets gefährdet. Auch aus anfänglichen Befürwortern sind manchmal Gegner geworden, weil wir die Filme immer weiter verändern wollten, sich also auch Kottan-Freunde nicht auf ihr fertiges Kottan-Bild verlassen konnten.

Mittlerweile ist *Kottan ermittelt* eine der meistgesehenen TV-Sendungen in Österreich, aber auch die am schlechtesten bewertete. Letzteres liegt vor allem daran, dass auch die Gegner emsig schauen, um sich hinterher enttäuscht und beleidigt zu zeigen.

Über *Kottans* Zukunft lässt sich nichts Genaues sagen. Kottan muss veränderbar, unberechenbar bleiben. Derzeit halten wir bei der absurd-antiautoritären Komödie, die trotzdem mehr bewegt als Filme, die sich aus Prinzip das Etikett realistisch umhängen.

Ziemlich sicher wird *Kottan* einen plötzlichen Tod erleben.

Wien, im April 1982
Helmut Zenker

Zwischen 1981 und 1983 entstanden die zwölf 60-Minuten-Filme für ORF und ZDF. 1983 wurde die Reihe eingestellt. Der ORF redete sich auf das ZDF aus, das ZDF auf den ORF. Tatsache ist, dass der damalige Generalintendant Gerd Bacher, der sich eigentlich ins Programm gar nicht hätte einmischen dürfen, die kurz zuvor bewilligte „Funktionslösung“ (die Abschaffung der zwei unabhängigen Programmintendanten) ausprobieren wollte.

Viel mehr als „Kottan ermittelt“ war damals nicht mehr übrig um seine Macht, etwas abzuschaffen, auch demonstrieren zu können.

Klosterneuburg, im Februar 1989
Helmut Zenker

Die Absichten der *Kottan*-Macher

Der Plot ist innerhalb des formalen Spielraums variierbar. Allerdings werden in den Geschichten die Schwächen der Hauptfiguren in Tugenden umgewandelt, *Kottans* psychisches Krankheitsbild wird sichtbar.

Kottan der Polizist begegnet *Kottan* dem Gesetzesbrecher. Objekte werden personifiziert und bedrohen die Personen, die sie benützen wollen. Verfolgungsjagden eskalieren sinnlos. Bild und Ton sind manchmal nicht mehr gleich lautend, beispielsweise wenn ein Hilfeschrei als Polizeisirene hörbar wird, oder wenn Filmmusik einzelne Szenen nicht unterstützend begleitet, sondern sie ironisiert.

Schließlich richtet sich der Film gegen das Medium Fernsehen und ganz zum Schluss auch dagegen, dass er nur ein Film ist. Zu welcher Einschätzung man auch immer kommt, jedenfalls ist *Kottan ermittelt* unsere Reaktion auf vorherrschende Fernsehprogramme. Die Serie erfüllt unseren Anspruch, provokativ und produktiv zu sein.

Auszug aus einem Interview mit Regisseur Peter Patzak, das Joachim Riedl 1979 in Wien geführt hat.

Wie alles begann

Über den geistigen Vater von Kottan, Autor Helmut Zenker

1974 schrieb Helmut Zenker die erste Kriminalgeschichte um den Wiener Polizeimajor Adolf Kottan. Vorerst wollte kein Verlag Zenkers Geschichte veröffentlichen. Unbeirrt wandelte Zenker das Manuskript in ein Hörspiel um, das umgehend vom Südwestfunk (SWF) produziert wurde.

Die Radiosendung *Kottan ermittelt* wurde im Frühjahr 1976 erstmalig ausgestrahlt und war auf Anhieb ein Erfolg. Noch im selben Jahr erlebte Major Kottan schließlich seine Fernseh-Premiere beim ORF.

Zwischen 1981 und 1983 brachte der ORF den Major und seine Ermittlungen in Koproduktion mit dem ZDF auch in deutsche Haushalte, was erwartungsgemäß für großen Wirbel sorgte.

Im selben Jahr erschien auch das erste Buch, dem dann zahlreiche weitere folgten. (siehe Umschlagtext)

Helmut Zenker hat mit *Kottan ermittelt* einen Kriminalfilmtypus geschaffen, der bis dahin im deutschsprachigen Krimi unbekannt war, frei jeglicher Effekthascherei, der ohne Psychologisierungen und Phänomenalisierungen auskam.

Helmut Zenker erhielt für *Kottan ermittelt* den *Adolf Grimme Preis* und die *Goldene Kamera*, die er gemeinsam mit Peter Patzak entgegengenommen hat.

Er verstarb plötzlich und unerwartet kurz vor seinem 54. Geburtstag im Januar 2003.

Über den Geschichtenerzähler, Regisseur Peter Patzak

Peter Patzak ist am 2. Januar 1945 in Wien geboren, studierte Psychologie, Kunstgeschichte und Malerei, bis er bei einem zweijährigen USA-Aufenthalt die Liebe zum Film entdeckte.

Von 1968 bis 1970 arbeitete Patzak bei einem Fernsehsender in New York. Nach der Rückkehr in seine Heimatstadt drehte er bereits 1972 seinen ersten Kinofilm *Die Situation.* Bekannt wurde Peter Patzak vor allem mit der Serie *Kottan ermittelt*, für die er in der Zeit von 1976 bis 1983 insgesamt 19 Folgen inszenierte und gemeinsam mit Helmut Zenker den *Adolf Grimme Preis* und die *Goldenen Kamera* erhalten hat.

Regisseur, Patzak war auch an zahlreichen internationalen Produktionen beteiligt wie z.B.: *Der Joker* (1987) mit Peter Maffay, Elliot Gould und Armin Müller-Stahl, *Killing Blue* (1988) oder dem deutsch-französischen Kinofilm *Wahnfried* (TV-Titel *Richard und Cosima*).

Eine Auswahl seiner Regiearbeiten: 1978 *Kassbach*, 1979 *Gesundheit*, *Santa Lucia*, 1980 *Match*, 1982 *Phönix an der Ecke*, 1983 *Strawanzer*, 1984 *Die Försterbuben*, 1986 *Der Aufstand*, 1987 *Der Joker*, 1988 *Killing Blue*, 1990 *St. Petri Schnee*, 1991 *Rochade*, 1995 *Shanghai 1937*, 1995 *Glück auf Raten*, 1996 *Crazy Moon*, 1996 *Schmetterlingsgefühle*, 1997 *Rot ist eine schöne Farbe*, 1998 *Mörderisches Erbe* u.v.m.

Peter Patzak ist seit 1993 Professor für Regie an der Wiener Filmakademie und lebt in Wien.

Früchte des Erfolgs: Helmut Zenker und Peter Patzak freuen sich über die Verleihung der Goldenen Kamera vor internationalem Presserummel.

LOKALAUGENSCHEIN

Die „Kottan ermittelt“ Originalschauplätze

Hinter den Kulissen von „Drohbriefe“
einst und jetzt

1. Der Kleingartenverein

Ort: 1210 Wien, Kleingartenanlage Blumenfreunde

Szene/Handlung:

In der Folge Drohbriefe lebt die Hauptfigur Frau Komarek in einer Kleingartensiedlung, die den Namen „Kleingartensiedlung - Tangente Nord“ trägt. Sämtliche Teile der Handlung, wie die nachbarschaftlichen Kleinkriege, Drballas Fund einer Leiche und die Befragung des Kaufhofbesitzers Vybiral, wurden hier gedreht.

Ortsbeschreibung:

Die Kleingartenanlage befindet sich in der Nähe der oberen alten Donau (Wasserpark) nördlich des „transdanubischen Endes“ der Floridsdorfer Brücke, die danach in die Floridsdorfer Hauptstraße mündet. Direkt an der Zufahrt zur Kleingartenanlage, an der Ecke Fännergasse/Pichelwangergasse, steht ein auffälliges Gebäude. Die Rede ist vom schon aus der Ferne sichtbaren Floridotower, der während der Drehzeiten im Februar 1979 noch nicht existierte.

Auffälligkeiten/Veränderungen:

Dort, wo Kottan sein Auto parkt und ihm zuerst seine Reifen, dann seine Sitze und schließlich sein ganzes Auto gestohlen wird, führt heute keine Straße mehr vorbei. Jetzt befindet sich dort eine hohe Schallschutzmauer mit der Donauuferautobahn (A22) dahinter, die Wien mit Stockerau verbindet.

Das Haus von Frau Komarek wurde angeblich bereits abgerissen, andere Häuser derselben Kategorie und desselben Alters gibt es jedenfalls noch (Bild 2). Das Haus muss sich im Südteil, nahe der Autobahn, befunden haben, möglicherweise auf der rechten Seite auf Bild 2. Heute stehen dort ausschließlich neue Häuser, die eher kleinen Einfamilienhäusern als Schrebergartenhütten gleichen.

In der Folge kurz zu sehen ist die Telefonzelle auf Bild 3. Sie taucht im Hintergrund auf, nach dem Fund der Leiche von Frau Reitmayer, als Frau Komarek Schremser über den Liebhaber von Frau Reitmayer aufklärt. Das Schutzhaus Blumenfreunde ist auch kurz zu sehen, und befindet sich auch heute noch da, allerdings mit neuer Fassade.

Kleingartenverein „Blumenfreunde", in 1210 Wien. (Bild 1)

Typisches Haus in der Kleingartensiedlung, wie jenes von Frau Komarek. (Bild 2)

Schutzhaus der „Blumenfreunde“. (Bild 3)

2. Gasthof Fuhrmann

Ort: 1110 Wien, Gasometer

Szene/Handlung:

Am Ende des Holzzaunes auf Bild 2 befindet sich in der Folge der Gasthof Fuhrmann, wo der Herr Reitmayer als Kellner („Herr Fritz“) tätig ist. Der Gasthof kommt mehrmals in der Folge vor:

Das erste Mal, als Kottan den Gasthof bei Nacht im Cowboykostüm besucht. Das zweite Mal kommen Schrammel und Kottan dorthin, um Herrn Reitmayer zu befragen, und beim dritten Mal sind wieder Kottan und Schrammel auf der Suche nach Reitmayer, der allerdings gerade beim Wienfluss zum Fischen ist. Als sie gehen wollen, tritt Kottan als Superman auf, um des Wirten Schläger in die Flucht zu schlagen.

Ortsbeschreibung:

Die Gasometertürme befinden sich in Wien-Simmering (11. Bezirk) und dienten früher als Gasspeicher für die Stadtversorgung. Heute ist die Gasometeranlage revitalisiert und dient Wohnhausanlagen, Geschäften und modernen Büroflächen als respektable Adresse. Die Döblerhofstraße (Bild 2) führt an den Türmen vorbei, hier stand das „Gasometereck“ oder früher der „Stelzenwirt“, der als Drehort für die Innenaufnahmen im Gasthof Fuhrmann diente.

Auffälligkeiten/Veränderungen:

In der Folge sind die riesigen Gasometertürme oft zu sehen, die heute als Gasometer-City nicht nur Wohnungen und Büros beherbergen, sondern auch eine Konzerthalle für internationale Veranstaltungen sind. Das Gasometereck (Bild 2), an dessen

Ecke sich der „Stelzenwirt“ befand, wurde schon vor längerer Zeit abgerissen. Auch der Straßenverlauf hat sich dort etwas verändert, Parkplatzanlagen sind den Backsteinmauern gewichen.

Die revitalisierten Mauern des ehemaligen Gasometerspeichers mit den Türmen des Kraftwerkes Simmering im Hintergrund.
(Bild 1)

Ehemalige Lage des Gasthofs Fuhrmann, im Bild links vom Holzzaun. (Bild 2)

Heutiger Teil der Gasometer City, mit modernem Anbau, links. (Bild 3)

3. Die Verhaftung Herrn Reitmayers beim Fischen

Ort: 1030 Wien, Wienfluss Brücke

Szene/Handlung:

Kottan fährt vom Gasthof Fuhrmann zum Wienfluss, auf der Suche nach dem Tatverdächtigen Herrn Reitmayer, und singt „Try not to die...“. Er hält seinen Wagen vor einem Haus und steigt aus (Bild 1). Kameraschwenk nach rechts.

Auf der Brücke im Hintergrund sitzt Reitmayer und fischt. Kottan geht auf die Brücke (Bild 2), teilt Reitmayer mit, dass seine Frau ermordet wurde und verhaftet ihn.

Ortsbeschreibung:

Diese Brücke führt über den Wienfluss in der Nähe von dessen Mündung in den Donaukanal (Bild 2). Darunter führt die Trasse der U-Bahn-Linie U4 vorbei. Das Gebäude, wo Kottan seinen Wagen parkt (Bild 1) ist ein Regierungsgebäude, in dem sich heute die Finanzlandesdirektion Wien befindet.

Auffälligkeiten/Veränderungen:

Die Brücke ist sehr auffällig und seit den Dreharbeiten nicht verändert worden. Bei dem Regierungsgebäude (Foto 1) sind nun keine Parkplätze mehr und der Straßenverlauf wurde geändert.

Kottan parkt seinen Wagen vor der heutigen Finanzlandesdirektion in Wien, um gleich darauf Reitmayer festzunehmen. (Bild 1)

Reitmayers Brücke, heutige Hintere Zollamtsstraße in 1030 Wien. (Bild 2)

4. Kottan verfolgt Reitmayer in der U-Bahn

Ort: 1010 Wien, Opernpassage

Szene/Handlung:

Die Verfolgungsjagd zwischen Kottan und Reitmayer endet hier in dieser unterirdischen Passage. Reitmayer fährt mit der einen Rolltreppe (Bild 1) im dichten Gedränge nach oben. Als Kottan ebenfalls die Rolltreppe nach oben benützt, rennt Reitmayer die Treppe wieder nach unten („Guten Tag, Herr Inspektor!" – „Inspektor gibt's kan."). Schließlich spielen sie um das Lokal (Bild 2) ein paar Runden fangen, bis Kottan Reitmayer dann zu fassen bekommt.

Ortsbeschreibung:

Es handelt sich um die U-Bahn Opernpassage vor der Wiener Staatsoper im 1. Bezirk. In der Passage befinden sich mehrere Geschäfte, Imbiss-Stände sowie die Abgänge zu den U-Bahn-Linien U1, U2 und U4. Ein längerer unterirdischer Gang führt zum nicht weit gelegenen Karlsplatz.

Auffälligkeiten/Veränderungen:

Die runde Architektur dieser Fußgängerunterführung ist ziemlich auffällig, genau so wie die dunkelbraune Marmorverkleidung an den Wänden. Die Geschäfte in der Passage dürften nur noch teilweise dieselben sein. Baulich wurden keine großen Änderungen vorgenommen.

Reitmayer spielt mit Kottan in der Opern Passage Katz und Maus. (Bild 1)

Das „Fangerl-Spiel" hat ein jähes Ende. Kottan stellt Reitmayer vor dem Geschäft. (Bild 2)

Der Autor

Helmut Zenker
1949 - 2003

Seit 1973 freier Schriftsteller, seit 1989 auch Regisseur. Romane, Theater, Kinderbücher, Lyrik, Drehbücher, Comedy, Essays, Comics, Lieder. Seine Bücher sind in 23 Sprachen erschienen. Mitbegründer der Literaturzeitschrift „Wespennest“ 1969. Zahlreiche Literaturpreise. TV- und Filmpreise (für „Kottan ermittelt“ und „Tohuwabohu“) u.a.: Goldene Kamera, Adolf Grimme-Preis, Preis der Berliner Filmfestspiele, UNESCO Preis, Romy, New York Video Award. Alle Drehbücher für „Kottan ermittelt“ (ORF und ORF/ZDF 1976 – 1983) und für „Tohuwabohu“ (ORF und ORF/BR 1990 – 1998) / auch Regie, Schnitt). Zahlreiche Fernsehspiele. Drehbücher für neun Kinofilme. 15 Hörspiele (z. T. gemeinsam mit G. Wolfgruber). Lieder, Texte und Arrangements für diverse Pop-Produktionen. 1984-88: Pop-, Literatur- und Kabarett-Produktionen für das eigene Label Ron-Records, mit Lukas Resetarits, Hans Krankl, Kottans Kapelle, u.v.a. Helmut Zenker war Lastwagenfahrer, Briefträger, Sonderschullehrer in Wien, Mathematik- und Musiklehrer in Tirol.

AUCH ERSCHIENEN IM

Die Drehbücher

Gauxi Himmel aus dem Genre Krimikomödie und Rita Flamm im Thriller Fach sind die ersten Protagonisten der neu geschaffenen Buchserie im Drehbuchverlag.

Es ist angerichtet

Nehmen Sie sich Zeit für ein reichhaltiges Menü an delikaten Kurzgeschichten, bei denen Sie sich schaurige, bizarre und fantastische Begegnungen einverleiben können. Für garantiert packenden Spannungsgenuss sorgen zweimal "6 Menüs", in denen übergewichtige Ratten, schießwütige Blondinen und finstere Mächte im Internet ihr Unwesen treiben.

DREHBUCHVERLAG

AUCH ERSCHIENEN IM

Minni Mann

Die erfolgreiche Detektivin ist rothaarig, kaum 1,20m groß und gehbehindert. Sie ist alkohol-, kitschsüchtig und intellektuell. Ihre Partner sind ein riesiger Hund und ein übergewichtiger Dauerstudent, der sich manchmal als Fotograf nützlich macht. In der Rubrik „besondere Leidenschaften" nennt Minni regelmäßig in ihren Kontaktinseraten: Das Quälen von Polizeioberst Lucky Bittner, Morddezernat Wien.

DREHBUCHVERLAG